하빠의 육아일기

초판 1쇄 인쇄일 2014년 12월 11일
초판 1쇄 발행일 2014년 12월 17일

지은이 신상채
펴낸이 양옥매
디자인 이윤경
교 정 조준경

펴낸곳 도서출판 책과나무
출판등록 제2012-000376
주소 서울특별시 마포구 월드컵북로 44길 37 천지빌딩 3층
대표전화 02.372.1537 팩스 02.372.1538
이메일 booknamu2007@naver.com
홈페이지 www.booknamu.com
ISBN 979-11-5776-006-0 (03800)

이 도서의 국립중앙도서관 출판시도서목록(CIP)은 서지정보유통지원 시스템 홈페이지(http://seoji.nl.go.kr)와 국가자료공동목록시스템 (http://www.nl.go.kr/kolisnet)에서 이용하실 수 있습니다.
(CIP제어번호 : CIP2014035627)

신상채 산문집

책과나무

두 번째

Prologue

한 달 동안 애써 쓴 육아일기 삼십여 쪽이 허무하게 날아가 버렸네요. 집필과정에서 실수가 있었나 봅니다. 부랴부랴 컴퓨터를 잘 다루는 주변 분들께 도움을 구해 보았지만 복구가 어렵다고 하는군요. 재롱둥이 손자들의 모습을 담은 소중한 글인데 도무지 기억을 되살릴 수 없으니 못내 아쉽기만 합니다.

초등학교 시절에는 며칠씩 밀린 일기도 하루 만에 써낼 만큼 기억력이 좋았는데 지금은 아무리 해도 기억이 나지 않으니 참으로 갑갑한 일입니다. 하물며 불과 몇 시간 전에 놔둔 물건도 찾지 못해 애를 태우는 요즘이니, 그 많은 글을 현재의 기억력으로 복구한다는 건 어쩌면 힘든 게 당연한 일이겠지요.

컴퓨터 자판을 두드릴 때마다 이렇게 편리한 걸 두고 옛 사람들은 왜 그리도 답답하게 살았을까 연민하기도 했는데, 지금은 이런 자만

심이 얼마나 부끄러운지 얼굴을 들 수가 없습니다. 편리한 현대문명의 이기에 흠뻑 젖어 사느라 미처 이런 위기를 예상하지 못한 게지요. 컴퓨터에 서툴기는 해도 이런 지경은 처음이라 황당할 따름입니다.

문득 십여 년 전에 일어난 뉴욕시의 정전사태가 떠오르는군요. 갑작스런 상황에 도시 전체가 극심한 혼란에 빠졌던 사건이었죠. 지금이 원시사회라면 지금 이건 아무런 문젯거리도 되지 않았을 텐데 말입니다.

역시 인간이란 종(種)은 아무리 해도 한낱 기계의 노예 신세를 벗어나지 못하는 무기력한 존재인가 봅니다.

'하빠의 육아일기' 두 번째 이야기가 예상보다 늦게 출간된 사연을 아쉬운 마음에 구구절절 말씀드리다 보니 혼자만의 넋두리가 돼 버렸군요. 이거 쑥스럽습니다.

'하빠의 육아일기' 첫 번째 이야기를 출간한 뒤, 제게는 미처 상상치도 못한 변화들이 우후죽순 일어났습니다. 출간하자마자 언론매체들의 집중적인 조명을 받았고, 통신사와 신문사를 비롯해 TV와 라디오에 이르기까지 여러 대중매체들의 부름공세로 한동안 무척이나 시달려야 했으니까요. 거기에 육아관련모임과 각종 사회단체들을 응대하는 일이 더해져 몸이 열 개라도 모자랄 정도로 바쁜 나날들을 보냈지요.

처음에는 그저 저의 가족이나 가까운 친지들에게만 슬쩍 내보이려고 했는데……. 입소문이란 게 참 무섭다는 걸 실감했습니다. 사실 이 책은 그다지 특이할 것도 없는 소재로서 극히 평범하고 소소한 일상을 담은 글일 뿐이지 않습니까? 그런데 할아버지가 쓰는 일기라 하여 색다르게 생각했던 모양입니다. 아니면 저의 이력이 특이하다고 여겨진 탓일까요? 어쨌든 생각지도 못한 반응에 한편으론 얼떨떨하고 또 한편으론 감개무량한 하루하루를 보냈습니다.

그중에서도 가장 놀라웠던 건 역시나 독자들의 반응이겠지요. 저의 책을 읽으며 눈물을 훔쳤다는 할머니 독자들의 이야기를 들었을 때는, 가슴이 먹먹해질 정도로 큰 감동을 받았습니다. 아마도 그 옛날 손자를 키우던 시절이 떠올라 그렇게들 공감해 주신 거겠지요.

아시겠지만 저는 육아전문가도 아니고, 문학적으로도 남들의 가슴을 설레게 할 만큼 좋은 필치의 글을 쓰는 사람은 못됩니다. 그런데 항간에는 책을 읽어 보지도 않고 그저 소문만으로 나도 육아일기를 써 봐야겠다고 말하는 사람들이 있다고 합니다. 솔직한 마음에 덜컥 겁이 나기도 했습니다. 세상이 부추기는 대로 이끌려 행여나 허황된 꿈을 꾸게 되지 않을까 염려하는 마음이 들었기 때문이지요.

상업성 운운하는 소리를 듣고 싶지 않은 저로서는 예나 지금이나 자신의 참모습을 잃지 않는 것이 가장 마음 편하게 사는 길이라는 생각이 들어 한 말씀 드려보았습니다.

그런 측면에서 이번 책에서는 불의한 자들을 향해 신랄하게 쏘아대는 글이 적지 않게 등장합니다. 저의 육아일기 출간과 관련해 저와 저의 가족들이 본의 아니게 마음고생을 했기 때문이지요. 저는 자기 수양을 잘하거나 마음을 잘 다스리는 사람은 못됩니다. 도리가 아니다 싶으면 바로 일갈하는 성격이지요. 더구나 제 손자들에 관한 일과 결부되면 더욱더 그렇습니다. 그 부분을 미리 말씀드리고 싶었습니다.

사노라면, 가장 가까운 혈육과도 때로는 갈등하고 속을 끓이기도 합니다. 그렇지만 가족이란 아주 사소한 계기 하나만으로 모든 게 다 풀리게 마련입니다. 이건 가족구성원 중에 아이라는 매개체가 결정적인 역할을 하기 때문이겠지요. 아이 앞에서까지 자존심을 내세우는 낯 두꺼운 사람은 흔치 않으니까요.

오늘도 할아비는 신묘한 손자들의 마법에서 헤어나지 못합니다. 저의 최대 관심사는 오로지 손자들뿐입니다. 저를 자기네 손자만 아는 이기적인 할아비라고 비웃어도 어쩔 수 없습니다. 제가 손자들을 잘 돌보고자 하는 이유는 확고하기 때문입니다.

'사랑을 받아 본 사람만이 남에게 사랑을 베풀 줄 안다.'

전 그렇게 생각합니다. 이런 소박한 할아버지들의 뜻이 모여 전 인류의 성장과 행복에 기여할 수 있다면 그야말로 멋진 일이 될 테니까요.

참, 한 가지 덧붙여야 할 말이 있습니다. 제 글에서 드러난 손자와 손녀의 호칭과 관련해서 많은 분들이 헛갈린다는 지적을 해 주셨는데요. 그건 애초부터 제가 의도한 표현방식이니 다들 오해가 없으시길 바랍니다. 이렇게 하는 것이 양성평등을 실천하는 한 방편이라 굳게 믿기 때문입니다. 흔히 남성들에게 사용하는 항열자(行列字)를 손녀들에게 붙이는 것이나, 제사나 성묘 때 여성들도 남성들처럼 똑같이 참례하는 방식은 제 집안의 오랜 가법이랍니다.

우리 문단의 대가(大家)라 불리는 어떤 작가는, 글 짓는 고통마저 '즐거운 글감옥'이라며 자신의 일에 대단한 자부심을 갖고 있더군요. 저 같은 말석에게는 그런 경지가 감히 쳐다보기에도 벅찬 일입니다만. 손자들은 제게 운명적인 글감을 골라 주었고, 생의 마지막 소명까지도 일깨워 주었습니다. 적어도 손자들 이야기를 글로 옮길 때만큼은 그런 글 감옥에 기꺼이 갇히고 싶습니다.

일기를 쓴다는 건 세상을 두 번 사는 것과 같다는 생각이 듭니다. 이미 겪었던 일을 다시 복기해 볼 수 있으니까요. 마치 녹화 영상을 다시보기 하는 특전을 누리는 것과도 같지요. 더구나 세상에서 가장 소중한 인연인 손자들과 함께 지낸 행복을 다시금 확인해 볼 수 있으니 이보다 더 보람찬 일이 어디 있을까요.

첫 작품에서 오류를 잔뜩 발견해 준 딸이 이번에는 편집이나 디자인을 꼼꼼하게 감수해 주어 한결 든든하게 집필할 수 있었습니다.

"백만 명이 넘는 고정 독자를 확보하고 있는 유명작가보다 우리 아버지의 글이 훨씬 더 좋다."

며 기꺼이 바람잡이 노릇을 자처하는 딸입니다. 아비의 책 출간을 누구보다 자랑스러워하며 박수쳐 주는 딸이 너무나도 고맙습니다. 둘째를 낳고 돌보느라 몸도 마음도 힘겨울 텐데 그 열렬한 정성에 눈시울이 뜨거워집니다.

그리고 손자 돌보기에 매어 딱 좋은 시절을 제대로 누리지 못한다고 신세한탄을 하다가도 손자들만 보면 그런 마음이 눈 녹듯 사라지는 할매에게 고맙고 미안한 마음을 전하며, 딸들 커 가는 모습을 놓치지 않으려고 늘 무거운 카메라를 어깨에 메고 다니는 측은한 아들과 이른 나이에 두 딸의 어미가 되어 직장과 집안을 오가느라 종종거리는 며느리에게 따뜻한 격려를 보냅니다.

끝으로 이 할아비의 일기장을 알차게 채워 준 양념 같은 조연(助演)들과, 늘 빛나는 주연(主演)인 우리 손자들과 함께 꽃피는 산골에서 오래도록 행복하게 살고 싶다는 소망을 가집니다.

갑오년 정월 그믐날

황방산골 휘수네 하빠의 글입니다.

Contents

6월

7월

8월

12월

2014년

1월

2013년

2월

격대교육 隔代教育

그런데 조금 울었어

눈높이

앓은 뒤 더 예쁜 아이

격대교육 隔代教育

요즘에는 조손(祖孫)가정도 어렵지 않게 찾아볼 수 있는데, 이런 현상의 속내를 들여다보면 과거의 자연스러운 대가족 형태와는 전혀 다른 양상을 보인다는 걸 알 수 있다. 상당수 젊은이들은 경제적인 문제 혹은 배우자와의 갈등을 이유로 가족 해체를 너무 쉽게 결행해 버린다.

그런 측면에서 볼 때 최근의 조손가정은 제 몸 하나 지탱하기도 힘겨운 노년의 부모에게 손자양육의 부담까지 떠안긴, 한마디로 자식들의 극단적인 무책임이 빚어낸 비극적인 산물이라 볼 수 있다.

고달픈 노년의 삶과 맞벌이로 인한 자녀교육 대책이 시대적 과제로 대두된 오늘날, 조부모의 교육은 두 가지 현안을 한꺼번에 풀어줄 대안으로 설득력을 얻고 있다. 그렇지만 현실은 그리 녹록치가 않다. 실제적으로 우리 사회의 최빈곤층으로 전락한 노년의 삶이란 팍

팍하기 그지없는 모습인데, 거기에 손자까지 떠안은 조손가정 조부모들의 처지는 얼마나 더 아득할 것인가?

이 세상 모든 생명체는 자신의 유전자를 번식하려는 욕구를 가지고 있다. 거창하건 소박하건 자신의 후손들을 잘 양육해 세상에 내놓는 게 사람들의 소망이리라. 그렇지만 기본적인 생존 유지에도 급급한 노인들에게 제대로 된 손자양육을 기대하기란 한낮 연목구어(緣木求魚)에 그칠 일이 아닌가?

물론 내 처지가 그렇게까지 눈물겹다고는 생각해 본 적이 없다. 그저 맞벌이로 생활하는 아들 내외의 고충을 덜어 주고, 내 손자를 남의 손에 맡기고 싶지 않은 생각에 자발적으로 선택했을 뿐이다.

어찌 됐든 근자의 안타까운 세태를 바라보면서 손자를 잘 키워야 할 당위성을 절실하게 다짐해 본다.

"우리는 이따금씩 자연이 하늘의 기운을 퍼붓듯 한 사람에게 엄청난 재능이 내리는 것을 본다. 이처럼 감당 못할 초자연적인 은총이 한 사람에게 집중되어서 아름다움과 사랑스러움과 예술적 재능을 함께 고루 갖게 되는 일이 없지 않다. 그런 사람은 하는 일조차 신성해서 뭇 사람들이 감히 고개를 들 수 없으니 오직 홀로 밝게 드러난다. 또 그가 내는 것들은 신이 손을 내밀어 지은 것과 같아서 도저히 인간의 손으로 만들었다고 보기 어렵다. 레오나르도 다빈치가 바로 그런 사람이다."

이는 최초로 미술가들의 전기를 쓴 미술사가(美術史家)로 유명한 '조르조 바사리(Giorgio Vasari)'가 레오나르도 다빈치에게 바치는 최상의 찬사다.

회화 · 건축 · 철학 · 시 · 작곡 · 조각 · 육상 · 물리학 · 수학 · 해부학 등 다방면에서 천재적인 발자취를 남긴 '레오나르도 다빈치'라는 인물의 성장과정을 아는 이는 별로 많지 않을 것이다.

다빈치는 피렌체의 유명한 공증인의 아들이지만 적자(嫡子)가 아닌 사생아(私生兒)였다. 당시 귀족 가문의 정통성을 물려받지 못한 서자들은 사람들이 선망하는 의사도 약사도 될 수 없었고 대학에도 갈 수 없었다. 한마디로 당시의 시대 상황에서 그가 선택할 수 있는 직업은 그다지 많지 않았다. 결손가정에서 자란 그가 그런 아픔 속에서 주위의 온갖 냉대와 핍박을 이겨 낸 채 우뚝 일어선 것은 바로 할머니의 무한한 신뢰와 사랑이 있었기에 가능한 일이었다. 다빈치의 할머니는 손자에게 항상 자신감을 심어 주었고, 죽는 날까지도 손자에 대한 믿음의 끈을 놓지 않았다고 한다.

바로 이런 것이 '격대(隔代)교육'의 참모습이라 할 수 있다. 조금은 생소하게 들릴지 모르지만, '격대교육'이란 우리나라에서 전통적으로 내려오는 사려 깊은 교육방식의 일종이다.

세상을 살아가며 깨우친 지혜와 지식, 그리고 용기를 고스란히 손자에게 전하고 싶었던 조부모의 애틋한 마음이 만들어 낸 전통육아법인 것이다.

아프리카 속담에, '노인은 세상의 도서관'이라는 말이 있듯이 조부모와 함께 사는 아이들은 지적 갈증을 달래 줄 수 있는 책이 그득한 도서관이 항상 곁에 있는 셈이다.

조부모는 부모에 비해 조급해하지 않고 인내심을 가지고 느긋하게 아이를 바라보는 여유가 있다. 그래서 조부모의 조건 없는 격려와 함께 사랑을 먹고 자란 아이들은 인성도 좋아지고 성인이 되어서도 성취도가 높다고 한다. 이는 인류의 오랜 역사적 경험이 증명하는 사실이다. 굳이 멀리서 찾을 것도 없이 다빈치의 할머니와 우리 할머니만 봐도 알 수 있지 않은가. 내가 보기에 두 분 사이에는 필시 시공을 초월한 교감이 오고갔을 것이다. 그게 아니라면 손자교육방식이 그리도 똑같을 수 있을까.

그런 훌륭한 할머니가 계셨기에 지금의 내가 있다. 내겐 할머니의 그 숭고한 사랑을 손자들에게 전해 주어야 할 의무가 있는 것이다.

일찍이 격대교육의 표본과 이상을 경험해 본 나는 확신한다. 사랑을 듬뿍 받고 자라는 손자들이 반드시 세상을 잘 열어 가리라는 것을.

2013. 2. 4

그런데 조금 울었어

뽀얗던 휘수의 얼굴이 누르스름해 보이기도 하고 어찌 보면 어두운 그늘이 도는 것 같기도 해서 식구들의 걱정이 이만저만이 아니다. 벼르던 내자가 오늘은 큰 맘 먹고 아이를 데리고 아동병원을 찾았다. 빈혈이거나 간에 이상이 있는지 알아보기 위해서다. 평소에 잦은 감기로 인해 약을 많이 먹어서 혹시나 다른 장기에 영향을 끼친 건 아닌지 걱정도 들고, 병원에 갈 때마다 별 이상은 없을 것이라며 건성으로 흘리는 의사의 대답에 영 믿음이 가지 않아서 정밀진단을 받아보기로 한 것이다.

채혈을 해야 하는데 어린아이들은 혈관 찾기가 쉽지 않아서 손등에다 주사바늘을 꽂았다고 한다. 처음 당하는 일이라 어린 것이 얼마나 놀랐을지 안 봐도 그 정경이 눈에 선하다. 놀란 데다 아파서 아마 스트레스를 많이 받았을 것이다.

남의 몸에 주사바늘이 꽂히는 것도 쳐다보지 못하는 내자는, 어린 것의 채혈장면을 차마 지켜보지 못하고 자리를 피해 버렸다고 한다. 어른이라도 곁에 있어 주면 아이가 덜 무서워했을 텐데 겁보 할미가 아이의 마음을 더 아프게 한 꼴이 되고 말았다.

다행히 채혈 결과가 그리 심하지는 않아 한시름 놓았다지만, 병원을 다녀온 아이의 얼굴이 좀체 펴질 기미가 보이지 않는다. 세상에 나와서 처음 당하는 채혈에 대한 충격이 쉬이 가시지 않는 모양이다. 피를 뽑는 것은 어른에게도 그리 달가운 일이 아닌데 이제 겨우 다섯 살인 아이에게는 오죽할까.

내심 아이의 반응이 궁금해서 물어본다.

"휘수야, 너 주사 맞을 때 울었어, 안 울었어?"

"울었어. 그런데 조금 울었어. 팔에다 주사 맞을 때는 안 울었는데 손등은 아팠거든."

한술 더 떠 이번 기회에 밥을 잘 안 먹는 아이의 버릇을 고쳐 볼 요량으로 아이에게 겁을 주기까지 한다.

"네가 밥을 잘 안 먹어서 손등에다 아픈 주사를 맞는 거야. 그러니까 앞으로는 밥을 잘 먹어야 한다."

"예, 알겠어요."

아이는 풀죽은 목소리로 밥을 잘 먹겠다고 다짐한다. 오늘 저녁은 먹기 싫어도 꾸역꾸역 한 그릇을 다 비웠다.

× 2013. 2 ×

낮의 충격이 채 가시지 않은 듯 아이는 쉬이 잠이 들지 못하더니, 깊은 잠을 이루지 못하고 자주 깨곤 했다. 아이가 걱정돼서 덩달아 나도 잠을 못 자고 아이가 자는 모습을 계속 들여다보아야 했다. 가슴에 고양이 인형을 꼭 껴안고 웅크린 모습이 그저 짠하기만 하다.

아이가 첫돌을 갓 지났을 때 서울에 다녀온 적이 있었다. 집으로 돌아오는 길에 고속도로 휴게소에서 잠시 머물던 때의 일이다. 아이는 차에서 내리자마자 할아비 손을 잡아끌더니, 아장아장 서툰 걸음으로 달려가 강아지 인형을 사 달라고 졸랐다. 한 번도 가 보지 않았던 휴게소에 강아지 인형을 파는 곳이 있다는 걸 대체 어떻게 알았을까?

3년이 가까워 오는 지금도 그 인형을 애지중지하며 잠자리 동무로 끼고 지낸다. 한번은 손때가 많이 묻어 세탁을 해야겠다고 하자 두말 없이 내주는가 싶었는데, 그날 밤 보니 고양이 인형이 그 자리를 대신하고 있었다. 강아지 인형이 마를 때까지 안고 잘 생각이었던 것이다. 아이는 잠결에도 손이 허전하면 그 강아지 인형부터 찾는 버릇이 생겼다.

2013. 2. 12

눈높이

언젠가 읽다가 큰 감명을 받은 글이 있는데, 사람들을 만나면 자주 그 이야기를 들려주곤 한다.

"성탄절이 다가오면 사람들은 괜히 들뜬 기분에 사로잡히게 마련이다. 휘황한 거리의 네온사인과 캐럴송이 사람들을 거리로 뛰쳐나오게 만든다. 한 엄마가 다섯 살짜리 아들을 데리고 거리에 나섰다. 엄마는 성탄 분위기를 외면하면 왠지 세상의 흐름에 뒤처지는 것 같아서 아이에게도 그런 거리 풍경을 보여 주고 싶었던 것이다. 거리로 나온 엄마는 들뜬 기분에 아이에게 자꾸 말을 걸어 보지만 아이는 시큰둥한 반응이더니 마침내 울음을 터뜨리며 땅바닥에 주저앉고 만다.
당황한 엄마가 아이를 달래 보는데 아이의 불만은 전혀 엉뚱한 데에 있다. 지금 아이의 눈에 보이는 것은 거대한 빌딩의 위용도 휘황한 네온 불빛도 아니다. 단지 어른들의 다리 숲만이 아이의 시야를 답답하게 가로막을 뿐이다. 뒤늦게 엄마는 아이의 마음을 읽고 자신의 잘못을 뉘우친다.
이 이야기에서 전하려는 메시지는 엄마와 아이의 눈높이가 달라서 생긴 불행을 말하고 있다. 소위 요즘 세상의 담론이 된 소통의 문제다."

또 어떤 시에는 이런 구절도 있다.
"땅바닥에 잔뜩 엎드린 작은 꽃을 보려면
고개를 숙이거나 무릎을 꿇어야 한다."

아마도 상대방의 눈높이에서 생각하라는 교훈일 것이다.

며칠 전 어떤 방송에서 참 흔치 않은 장면을 보았다. 사회자가 키가 130센티미터에 불과한 장애인 출연자의 눈높이에 맞춰 다리를 구부리고 최대한 몸을 낮춘 채 인터뷰를 하는 것이었다. 보통 대화하는 상대방과 현저하게 키 차이가 날 때에는 키 작은 사람이 올려다보는 불편이 따르게 마련이고, 이럴 때는 키가 큰 사람이 자신의 키를 낮춰 주는 배려심이 필요하다.

아무리 방송 상의 예의라 할지라도 노련하고 배려 깊은 사회자의 따뜻한 마음씨는 보는 이로 하여금 숙연하면서도 흐뭇한 마음을 전해 주었다.

왜 이런 얘기를 늘어놓느냐 하면, 어른들이 아이에게 가져야 할 기본 자질을 말하고 싶기 때문이다. 어른들 기준으로 보면 요즘 젊은이들의 행태 중에 못마땅해 보이는 구석이 한두 군데가 아닐 게다. 그 중에서도 내가 아들 내외에게 갖는 가장 큰 아쉬움을 꼽자면, 매사에 차분하지 못하고 즉흥적이라는 점이다.

이틀 전 밤의 일이었다. 아들과 며느리가 난데없이 아이들을 데리고 외출을 하겠다고 나섰다. 아이 둘 다 감기 기운이 있어 찬바람 쐬는 걸 말리고 싶었지만 이미 옷을 차려입고 나서는 통에 그냥 지켜볼 수밖에 없었다.

어린아이들이 나가자고 조르는 것도 아니고 순전히 저희들이 바람을 쐬고 싶은 마음에 아이들까지 데리고 나간 것이다. 부모와 한집에 살면서 눈치 볼 일도 많고 더구나 아이들까지 맡겨 놓아 숨이 막히겠거니 하고 너그럽게 넘기고 싶었지만 혹시나 찬바람에 감기라도 덧날까 싶어 썩 내키지가 않았다.

내심 걱정이 컸지만 늙은이가 사사건건 간섭하는 것 같아 그냥 참고 보내 주었는데 기어이 사단이 벌어지고 말았다.

외출에서 돌아온 그날 밤부터 아이들의 감기가 심해져서 큰아이는 숨도 제대로 쉬지 못하고, 작은아이는 심한 고열로 괴로워했다. 다음 날 병원 응급실에 다녀왔지만 별 차도가 없었고, 아이들은 전날보다 심하게 보채기 시작했다.

내자는 의사들이 건성이라고 엉뚱한 불평을 늘어놓는다. 그 말에 혹시나 해서 병원을 바꿔 보았지만 역시나 똑같은 진단에 똑같은 처방을 받았을 뿐이다. 내가 하는 일이라곤 39도가 넘는 열로 괴로워하는 작은아이를 속수무책으로 바라보며 하릴 없이 체온만 재보는 일이 고작이었다.

이렇게 또 하루가 지나고 아이의 부모는 어김없이 직장으로 출근했고, 아이들은 온전히 우리 늙은이들 몫으로 남았다. 열이 내리지 않아 또 병원으로 데려가 보는데 별로 뾰족한 수가 없다. 아이의 신음이 비명으로 바뀐다. 놀란 마음에 다시 의사를 찾았지만 대답은 늘 똑같다. 집에 와서 열을 내리게 하는 밴드도 붙여보고 항문에 좌약도 투약해보고 옷을 벗겨도 보지만 아이의 울음이 좀체 그치지 않는다.

거의 하루 종일 아이를 안아 주거나 업고 달랬다. 잠시만 뉘어 놓아도 울며 보채는 통에 어찌해 볼 도리가 없다. 밀려드는 육신의 고통보다도 아이의 괴로워하는 모습을 지켜보는 것이 훨씬 더 견디기 힘들다. 아이 부모의 철없는 행동이 생각할수록 괘씸하게 여겨진다.

지금은 새벽 두시로 밤이 깊었지만 나는 도저히 잠을 이룰 수가 없다. 그 어린 것이 온몸이 불덩어리가 되어 얼마나 부대끼는지 비명까지 내지르던 모습이 떠올라 잠은 이미 저만치 달아나 버렸다. 어디선가 아이 우는 소리가 나는 것 같아 소리를 좇아가 봤더니 도둑고양이 울음이었나 보다. 이제 겨우 10개월짜리인 아이가 여전히 잠 못 들고 뒤척이나 싶어 자꾸만 2층 아이의 방을 기웃거린다.

2013. 2. 17

앓은 뒤 더 예쁜 아이

우리 집 식구들이 감기에 걸리는 순서는 대개 일정하다고 볼 수 있다. 워낙 여러 아이들이 집단생활을 하다 보니 유치원은 감기가 끊일 날이 없다고 한다. 가장 먼저 휘수가 유치원에서 옮아온 것을 시작으로, 다음에는 면역력이 약한 유수에게로 옮겨지고, 그다음은 아이들을 자주 안아 주는 할아비나 할미에게로 그 차례가 돌아온다. 그러니 감기란 놈은 한 번 찾아오면 적어도 일주일 이상은 우리 집을 떠나지 않고 괴롭힌다.

이번에는 작은아이가 크게 영금을 보았다. 말도 못하는 그 어린것이 40도를 오르내리는 열로 고통스러워하는 모습은 차마 못 볼 짓이다. 어린아이들에게 가장 위험한 증상이 고열이라서 해열제는 아이 키우는 집의 필수품이라고 하지 않던가?

× 2013. 2 ×

아이 걱정으로 한동안 온 식구들이 우울한 나날을 보냈다. 아이가 먹는 것이라곤 우유가 고작인데, 그것마저도 입에 대지 못한다.

잠도 제대로 못 들고 신음하는 어린것을 속수무책으로 지켜보자니 내가 직접 앓는 것이 낫겠다는 생각뿐이다. 시간이 지나자, 아이는 심한 열꽃이 온몸에 퍼져 영판 딴 얼굴이 되었다. 이러다 아이 얼굴이 이렇게 미운 얼굴로 바뀌어 버리는 건 아닐까 걱정했는데, 낫는 징조라는 말을 듣고 겨우 안심을 한다. 우리 내외도 그 후유증으로 지금 심한 몸살과 관절염에 시달리고 있다.

아이들은 앓고 나면 더 예뻐지고 귀여운 짓을 더 많이 한다더니 그 말이 꼭 맞는 것 같다. 이제는 예의 그 뽀얀 얼굴을 되찾고 어찌나 예쁜 짓을 하는지 내 몸의 고통 따위는 언제 적 일인지 가물가물하다. 이제 한 발씩 떼기 시작하고 말귀도 제법 알아듣는 것이 얼마나 신통한지 모르겠다.

'곤지곤지'를 해 보라고 주문하면 한 손바닥을 펴서 엄지와 검지를 모아 갖다 대고, '예쁜 짓'을 하라고 외치면 그 작은 검지를 제 볼에다 찌르는가 하면, 깨끗이 닦으라고 하면 휴지나 수건으로 방바닥을 청소하는 시늉을 한다. 어느 것 하나라도 귀엽지 않은 몸짓이 없다.

오늘은 제 언니가 다니는 유치원에 데려갔다. 차창 너머로 언니를 발견하더니 발을 구르고 손을 흔들며 환호성을 지른다. 자매의 상봉이 얼마나 요란스러운지 일순 유치원 아이들의 시선이 집중되어 한동안 대단한 인기를 누려야 했다.

아이의 귀엽고 앙증맞은 모습을 바라보는 늙은 얼굴에 웃음이 번진다. 하지만 그 웃음이 가슴 한편에 찾아드는 안쓰러움까지 감추지는 못한다. 이렇게 예쁜 몸짓을 제 어미와 함께 자주 갖지 못하는 아쉬움을 어찌할까?

2013. 2. 25

2013년

3월

이 얼굴 말고는 꿈도 꾸지 않았다
떵 할아버지
첫 돌맞이 유수

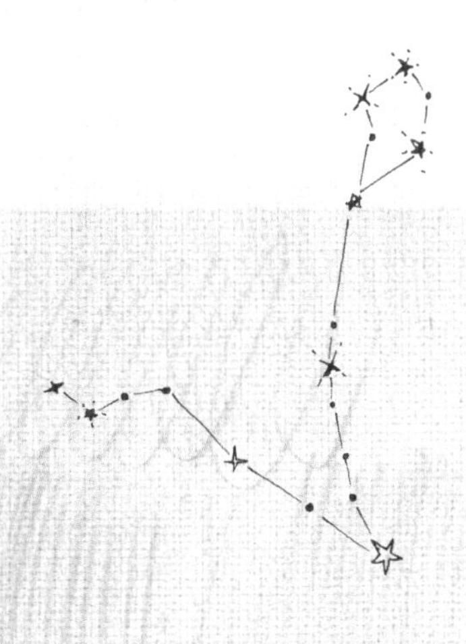

이 얼굴 말고는 꿈도 꾸지 않았다

내자의 조개 캐기는 거의 병적이다. 소위 물때가 좋은 날이면 만사 제쳐놓고 바닷가로 달려가는 것이 아주 익숙한 일상이 되었다. 내자는 평소 아침잠이 많은 편이지만, 조개 캐러 가는 날이면 누가 깨우지 않아도 어김없이 잘 일어난다. 그리고는 이른 새벽도 마다하지 않고 집을 나선다. 이제는 아예 다녀온다는 인사도 생략해 버린 채 집을 빠져나간다.

집에 있으면 온몸이 안 아픈 데가 없어 죽겠다는 말을 입에 달고 살지만, 밖에만 나가면 씻은 듯이 병이 사라진다니 이만저만한 중독이 아니다. 처음에는 갱년기 증상으로 나타나는 유별난 현상이려니 하고 이해해 주려고 애도 써 봤지만, 그 도가 너무 지나쳐서 그냥 봐주기가 쉽지 않다. 이제는 아예 드러내 놓고 동행할 친지들을 모집하고 심지어 서울 사는 사람들까지도 불러내서 하루 이틀 외박은 예사로 한다.

참다 참다 싫은 내색이라도 보이면 오히려 눈을 부릅뜨고 싸움닭 같은 무서운 기세로 대든다.

"내가 이것마저 못하면 무슨 재미로 살아요?"

참으로 어처구니없는 그 사람의 조개잡이 애찬론이다. 아마도 사후세계가 있다면, 사는 동안 풀을 많이 뽑았던 나는 잡초들에게 머리채를 잡히고, 내자는 조개들에게 팔뚝을 꼬집히게 될지도 모르겠다는 생각이 스쳐간다.

손자들 돌보느라 힘들게 지내고 있는 걸 아니까 한 달에 한 번 정도는 나도 얼마든지 눈감아 줄 수 있다. 그런데 바다에 다녀온 지 불과 10여 일도 안 되었는데 기어이 또 달려 나간 것이다. 아들 내외가 집에 있는 주말이라면 모르겠는데 평일에 불쑥 떠나 버리니 이 노릇을 어찌할꼬. 혼자 두 아이를 건사해야 할 남편이나 할미의 손길이 필요한 손자들은 안중에도 없는가 보다. 다른 식구들 사정은 전혀 고려사항이 아니다. 바닷가 나들이는 오로지 물때가 기준일 뿐이다.

평소에 살림을 그리 꼼꼼하게 하는 편이라 말할 수 없는 내자지만 어딘가로 여행가거나 놀러갈 때만큼은 그렇게 정성을 들여 준비할 수가 없다. 다른 건 몰라도 바닷가 나들이에 드는 비용만큼은 아낌없이 투자해서 온갖 장비를 다 갖춰 두는 것이다. 거기에다 남들이 꺼려하는 궂은일도 자진해서 도맡아 밖에서는 성격 좋다고 소문난 사람이다.

조개 캐기 전용 갈퀴, 그물망, 엉덩이 깔개, 양동이, 장화, 운반용 캐리어, 심지어 염도측정계까지 각종 도구에다 먹을 것까지 실으면 자동차 트렁크가 꽉 찬다. 이에 오가는 교통비 숙박비까지 감안하면 그리 만만한 비용이 아닐 텐데. 거기에다 인심 좋게 동행한 사람들의 음식도 준비하고 차로 모시는 수고도 마다하지 않는다.

문제는 바닷바람 맞고 허리 굽혀 가며 애써 캐 온 조개가 온 집안에 비릿한 냄새만 풍기지 별로 먹잘 것도 없는데다, 잔뜩 쌓이는 조개껍데기는 처치 곤란한 쓰레기일 뿐이라는 점이다. 또 조개 해감을 위해 바닷물까지 몇 동이씩 실어 나르니 이거야 원, 무겁기만 하지 실속은 하나도 없는 노동인 것이다.

몸도 성치 못한 남편이 혼자 남아 아이 둘을 감당하며 겪을 고통쯤은 아예 안중에도 없는가 보다. 내게 자석처럼 찰싹 달라붙어 지내는 작은 손자 때문에 잠시도 숨 돌릴 틈이 없는 터라, 혼자 있으면 밥 먹고 화장실 가는 것도 마음대로 할 수 없을 지경이다.

특히 아침 9시경 큰놈이 유치원 갈 무렵이면 두 놈을 한꺼번에 챙겨야 하니까 녹초가 되곤 한다. 유치원에 가기 싫다고 잠자리에서 미적거리는 큰놈을 여러 차례 어르고 달래서 겨우 깨워 뭘 좀 먹이려고 해도 좀체 듣지 않고 시간을 끈다. 억지로 세수시키고 옷 갈아입혀 버스 타는 곳으로 데려가려면 늘 시간에 쫓겨 종종걸음이다.

오늘 따라 추적추적 비가 내리고 날씨가 으슬으슬해서 버스 태우는

데에 작은놈을 같이 데려갈 수가 없었다. 할 수 없이 작은아이를 거실에 둔 채 문을 잠그고 나갔다 왔는데, 그 사이에 기어이 일이 터지고 말았다. 안에서 작은놈의 자지러지는 비명이 터져 나온다. 하지만 어쩌랴. 버스가 도착할 때까지는 집안으로 다시 들어갈 수도 없어 나는 그저 속만 태워야 했다.

큰놈을 보내고 부리나케 달려갔더니, 아이의 입과 코에서 피가 철철 흐르고 있지 않은가? 얼마나 다쳤는지 입을 벌려 보려 하지만, 피범벅이 된 채 울어대기만 한다.

늘 어미 사랑에 굶주린 아이는 평소에 잘 놀다가도 할아비가 안보이면 곧바로 울음을 터뜨리곤 한다. 어미 대신 생각하는 것이리라. 아마도 할아비가 안보이자 찾다가 울다 넘어진 모양이다.

벌써 입이 퉁퉁 부어서 마치 오리주둥이 같은 모양을 하고 있다. 어린것만 두고 나갔다 온 걸 가슴을 치며 후회해 보지만 이미 돌이킬 수 없는 일이 돼 버렸다. 급한 대로 딸에게 전화를 걸었더니 곧바로 택시를 타고 달려왔다. 가까운 동네 병원에서는 소아 환자를 볼 수가 없다고 해서 다시 택시를 잡아 이비인후과로 달려갔다.

진단결과를 기다리는 시간은 참으로 지루하고 답답하다. 그런데다 의사들이란 늘 한 자락 깔아 놓고 최악의 상황까지 들먹이는 버릇이 있어 보호자를 애태우기 일쑤다. 입안이 찢어졌는데도 아이가 너무 어리니까 수술하기에는 무리라고 한다. 또 치아가 비정상적으로 자라 부정교합(不正咬合)이 될 가능성이 크다며 겁을 준다. 우선 약으로 치료해 보고 다시 들르라는 진단이다. 입과 코 주위에 멍이 들고 퉁퉁 부어오른 모습을 보니 속이 상해 미칠 지경이다.

뒤늦게 탓을 한들 무슨 소용이 있으랴만, 생각할수록 분통이 터지고 무단가출한 할매가 괘씸하기 짝이 없다. 아무리 힘들고 속상하다고 해도 철없는 손자들을 내팽개치고 외박을 하다니 참으로 못됐다는 생각뿐이다.

내가 이 사람에게 크게 잘못한 게 있다면 돈을 많이 벌어다 주지 못한 것과 아들놈을 분가시키지 않은 것일지도 모르겠다. 지극히 현실적인 보통 할매들 기준에서야 손자들에게 매일 필요도 없으니, 여유 있게 사는 다른 사람들과 자신의 처지를 비교하는 건 어쩌면 당연한 일일지 모른다.

내자가 귀가하면 과연 어떻게 대해야 할 것인가? 화를 삭이느라 무척 견디기 힘든 시간이 흐르고 있다. 잔뜩 벼르고 있는데 그 나름은 아쉬웠을 2박 3일간의 나들이를 마치고 돌아왔다. 근데 집안에서 일어난 일을 눈치 채기라도 한 것인지 조개 캐기에 동행했던 친척 하나를 달고 나타났다.

그 사람만 아니면 그 자리에서 바로 독화살이 날아갔을 텐데 치밀어 오르는 분노를 억지로 누를 수밖에 없었다. 고지식한 나는 낯빛을 감추기가 힘들다. 내 얼굴에서 이상한 기미를 알아차린 친척이 자꾸만 내 눈길을 피한다.

저녁 무렵이 되어 그 친척도 돌아가고 아들 내외가 퇴근을 했다. 아이의 퉁퉁 부은 얼굴을 마주친 그들의 속이 오죽하랴! 속상하지만 더 마음 아파할 아비 때문에 차마 말을 못 꺼낸다.

식구들이 다 모이자 나는 기다렸다는 듯 내자에게 따끔하게 일갈했다.

"소위 할미라는 작자가 철없이 그럴 수가 있어? 저 어린것들이 불쌍하지도 않아?……"

자식들 앞에서 남편에게 호되게 망신을 당했으니 얼마나 분할까마는 제 실수를 알고 꿀 먹은 벙어리 처지다. 쥐도 도망갈 구석을 남기고 몰아야 한다지만, 나는 조금의 퇴로도 주지 않고 마구 쏘아붙였다. 독이 잔뜩 오른지라 누구의 말도 귀에 들어오지 않았고, 그동안에 서운했던 감정까지 폭발해 내친김에 막 퍼붓고 말았던 것이다.

돌아보면 내자는 오랫동안 중병에 걸린 시부모 수발을 드느라 그 좋은 시절 고생만 했던 사람이다. 사는 동안 어찌 그걸 잊을 수 있으랴!

나는 천성이 그리 모질지도 못한 사람인데, 격랑의 반생동안 고락을 같이 해온 사람에게 차마 못할 짓을 하고 말았다. 내뱉은 말은 다시 주워 담을 수도 없어 금방 후회가 밀려온다.

사실 손자 육아에 있어서 내자의 역할은 거의 절대적이다. 아이들이 할아비를 더 찾기는 하지만, 그래도 할아비가 할미를 도저히 따라할 수 없는 부분이 많은 것도 엄연한 사실이다. 끊임없이 나오는 아이들 빨랫감 처리며, 아이들의 영양과 입맛을 고려한 음식 장만은 내자만큼 해낼 자신이 없다.

가만히 생각해 보면 손자 육아에 매어 노년의 안온함을 누리지도 못하고 내내 일탈의 유혹에 흔들리는 내자도 그렇고, 늘 어미 사랑에 목마른 손자들도 불쌍해서 마음이 천근만근 무겁기만 하다.

그 연원을 조금만 거슬러 올라가도 전부 나로 인해 생긴 업보임을 부정할 수가 없다. 내자와 나의 만남으로 아들이 생겨났고 그지없이 사랑스러운 손녀들과도 애틋한 인연으로 이어졌다. 내가 다른 배우자를 만났어도, 다른 며느리가 들어왔어도, 손녀들의 모습은 지금 이 얼굴에서 크게 벗어나지는 않을 것이라는 생각이 든다. 그건 어쩌면 다른 얼굴을 한 손자들의 모습을 단 한 번도 꿈꿔 보지 않아서일까.

2013. 3. 13

떵 할아버지

어린아이들의 몸짓이란 얼핏 보면 아무것도 모르고 하는 것 같지만, 나름대로는 다 생각이 있어서 나오는 행위일 게다. 알에서 막 깬 새도 처음 본 대상을 제 어미로 알며 잘 따르고, 집에서 기르는 개나 고양이를 봐도 유독 잘 따르는 사람이 있다. 다 똑같아 보이는 사람들 중에도 아주 미세한 차이로 아이들을 잘 따르게 하는 재주를 타고난 사람이 있게 마련이다.

처가 사람들은 대체로 어린아이들을 무척 귀여워한다. 아이보다 놀기가 더 우선인 어떤 사람도 있기는 하지만…….

그중에서도 큰 처남은 아이들을 얼마나 예뻐하는지, 틈만 나면 우리 집에 들러 아이들과 놀아 준다. 자신의 일에 별로 실속 없이 살기는 해도 아이들 기분 맞추기에는 남다른 재주가 있는 아주 선량한 사람이다. 아이의 눈높이에 맞춰 잘 놀아 주니 아이들이 좋아

할 수밖에 없다.

밥을 안 먹고 해찰을 부리다가도 처남이 어르면 거짓말처럼 아이들이 밥을 잘 먹는다. 심지어 그 사람이 나타나면, 친할아버지도 눈에 들어오지 않는지 나의 존재를 까맣게 잊어버리고 그 사람과 노는 데 정신이 팔린다. 처남은 출장 중에도 우리 동네를 지나갈 때면 어김없이 들르곤 하는데, 보고 싶은 마음에 전화도 없이 불쑥 나타났다가 아이들을 못 만나고 돌아설 때면, 얼굴에 그득한 낭패감이 보기에도 민망할 지경이다.

그 사람이 아이들을 만날 때면 전매특허처럼 다가오는 몸짓이 하나 있다. 친근감을 나타내느라 머리를 들이밀고 아이 머리와 맞대는 동작이다. 아이들은 이내 제 머리를 갖다 대며 즐거워한다. 이제는 익숙한 버릇이 되어 그 사람만 보면 아이들이 먼저 머리를 부딪치면서 달려든다. 그래서 생긴 별명이 '떵 할아버지'다.

큰 손녀가 좋아하는 사람을 꼽을 때면 우리 식구들 다음으로 빼먹은 적이 없을 만큼 그 사람은 아이들에게 크게 환영받는 인물이다. 큰아이는 며칠 동안만 못 봐도 보고 싶다고 찾는다.

"요새는 왜 떵 할아버지가 안 오지?"

"떵 할아버지네 집에 가 보고 싶다."

그를 향한 작은아이의 반응이 또 재미있다. 대문의 벨이 울리면 아이는 제 손을 머리에 갖다 대면서 '떵 떵'을 외쳐댄다. 딴 사람이라도 나타나면 기다리던 떵 할아버지가 아니라서 몹시 실망한 듯 서운해 하는 모습이 얼마나 귀여운지 모른다.

2013. 3. 20

첫 돌맞이 유수

유수가 태어난 지 꼭 1년이 되었다. 작년 이맘때엔 연못가에 수선화가 흐드러지게 피었었는데, 올해는 지난겨울이 혹독했던 탓인지 아직 꽃소식이 없다.

아이의 돌이 다가오자 매일 연못가에 나가 수선화를 들여다보고 만져보기도 하면서 꽃이 피기를 기다리곤 했다. 아이가 태어나던 날, 나는 연노랑 수선화 속에서 작은아이의 천진난만한 얼굴이 활짝 웃는 것을 보았다.

큰아이 때는 좋은 옷도 사다 입히고 사진도 자주 찍어 주고 온 식구들의 관심과 사랑을 독차지했었는데, 둘째라서 그런지 모든 일에 소홀하게 되어 미안하고 더 짠하다. 늘 언니가 입던 헌옷만 얻어 입고 사진도 별로 찍어 준 게 없다.

더구나 태어난 지 넉 달도 안 돼 제 어미가 직장에 나가느라 언니처럼 엄마의 사랑을 듬뿍 받아 보지도 못했다. 그래서 어미가 출근하는 아침 7시부터 퇴근할 때까지 할아비의 품속에서 그 아쉬움을 달래는 게 아이의 일상이 되어 버렸다.

아이를 들여다볼 때마다 측은해서 나도 모르게 '불쌍한 놈'이란 말이 버릇처럼 튀어나온다. 곁에서 이 말을 듣기라도 하면 딸은 아주 언짢아한다.

"불쌍하다고 하지 마세요. 자꾸 그런 말 하면 참말로 그렇게 된다잖아요?"

딸은 작은 조카가 못내 안쓰러운지 가끔씩 보고 싶다며 달려오곤 한다.

"아무렴, 결코 그렇게 되어서는 안 되고 말고."

가족 모두가 그런 안쓰러운 마음을 잔뜩 안고 아이의 첫돌을 맞이했다. 넉넉지 못한 형편 때문에 집에서 치르는 조촐한 돌잔치라 아쉽고 미안해선지 서로 눈치를 살피며 말을 아낀다. 누구보다 아이에게 각별한 정을 쏟는 제 고모만이 돌잡이 선물을 꼼꼼하게 챙겨왔다.

사내아이처럼 덜 자란 짧은 머리를 감추려고 언니 한복을 입혀 족두리까지 씌워 놓으니 그런대로 여자아이 태가 묻어난다. 어설픈 차림새가 귀엽고 사랑스러워 온 식구들은 함박웃음으로 아이를 맞이한다.

아이는 돌잡이로 주저 없이 장난감 마이크를 잡았다.
"우리 집안에 가수라도 하나 나오려나?"

내자의 너스레에 한바탕 식구들의 박수가 터져 나온다. 큰아이는 무엇을 잡았던지 가물가물해서 물어보니 제 어미가 자신 있게 대답한다.
"아버님, 휘수는 돈을 잡았잖아요? 오만 원짜리요."
부자로 살고 싶은 며느리의 바람을 탓할 수만도 없다. 부자 시아버지가 아니라서 미안할 따름이다.

얼마 전 아이가 입을 다친 일로 내자와 크게 다툰 이후, 냉랭한 집안 분위기가 아직 가시지 않은 터였는데 가뭄에 단비를 내리듯 맞이한 아이의 첫돌은 이런 어수선한 집안공기에 따스한 바람을 불어넣어 주었다. 누가 뭐래도 지금 우리 집의 공통관심사는 작은아이 유수다.
비록 어미 사랑이 모자라도, 언니나 오빠가 귀찮아하며 잘 놀아 주지 않아도 개의치 말고 건강하고 씩씩하게 자라거라. 사랑하는 내 손자야, 하빠가 있지 않니?

2013. 3. 30

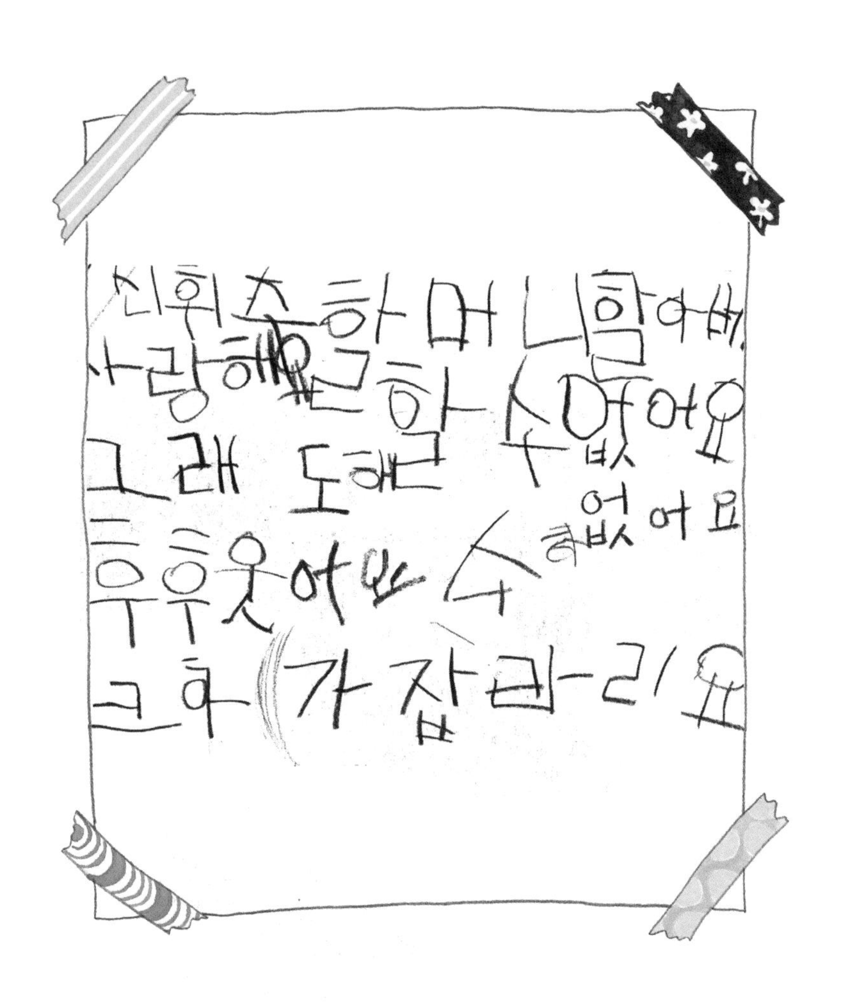

2013년

4월

맛만 있구먼, 아까는왜 몰랐을까?
어차피 갈 데가 있어서요

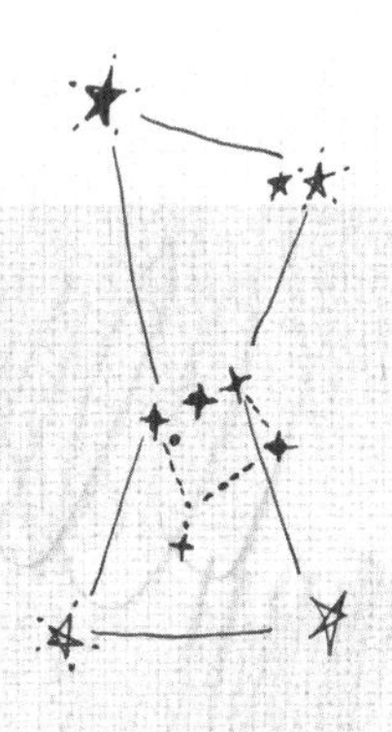

맛만 있구먼, 아까는 왜 몰랐을까?

유수는 언니가 가지고 노는 장난감이나 언니가 먹는 음식이라면 뭐든지 가리지 않고 탐을 낸다. 언니는 동생이 달려들까 봐 한껏 경계를 하긴 하지만, 매번 동생을 당해내지는 못한다. 동생은 언니 것을 잽싸게 가로채 언니를 울리는 데 명수다.

더구나 오늘은 집에 돌아온 언니가 평소보다 기운이 없어 보였다. 언니가 목이 말라 음료수를 마시고 있으니까 어느 틈에 달려들어서 빼앗아 마셔 버린다. 오늘도 기어이 언니를 울리고 말았다. 마음 여린 언니는 동생이 떼를 써도 차마 어쩌지 못하고, 답답한 마음에 제가 먼저 울어 버리기 일쑤다.

언니는 유치원에 다녀와 피곤했던 차에 이런 일까지 겹쳐 버려 저녁도 거른 채 울다 잠이 들었다. 아마도 이런 날은 유치원에서 낮잠을 푹 자지 못해서 그럴 것이다.

지금은 저녁 아홉 시다. 막 잠에서 깬 아이는 시장기를 느끼는지 자꾸만 입맛을 다신다. 아까 잠들기 전에는 제 어미가 사 온 닭튀김도 거부한 채 짜증을 부렸었다. 평소에 그렇게도 좋아하던 통닭도 쏟아지는 잠 앞에서는 눈에 들어오지도 않나 보다.

요즘 아이는 제때 밥을 안 먹는다고 야단맞을 때가 잦아서 눈치를 많이 본다. 그래서 배가 고파도 쉬이 먹을 것을 달라고 하지 못하고 망설인다. 이리저리 눈치를 살피다 도저히 참기 힘들었는지 할미에게 살며시 다가가 조심스럽게 애걸한다.

"할머니, 배고파요."

아까까지만 해도 '다음부터는 제때 안 먹으면 절대 밥을 안 줄 거야.' 하고 큰소리치던 할미지만 아이가 배고프다는 말에는 슬그머니 허물어지고 만다. 아까 어미가 사 온 그 닭튀김을 내놓자, 아이가 얼른 한 입 물더니 하는 말이 가관이다.

"맛만 있구먼, 아까는 왜 몰랐을까?"

이 한마디에 할미는 웃음보를 참지 못한다. 한 술 더 떠 영리한 손녀 자랑에 열을 올리기까지 한다.

"우리 휘수 말하는 것 좀 보세요?"

오늘도 할미는 아이의 혓바닥에 즐겁게 놀아나고 만다.

2013. 4. 21

어차피 갈 데가 있어서요

일요일 아침 이른 시간이다. 평일 같으면 지금쯤 출근하는 아들 내외가 작은아이를 내게 인계할 시간이지만, 오늘은 아이들도 제 부모들도 늘어지게 아침잠을 즐기고 있을 게다. 어둑한 이른 아침에 딱히 할 일도 마땅찮다. 마당에 나가 잡초를 뽑기도 어중간한 시간이고, 식구들이 자는데 텔레비전을 틀어 잠을 깨울 수도 없으니 아랫마을 목욕탕에나 가는 게 좋겠다.

그런데 목욕을 마치고 귀가하는 길에 아주 반가운 얼굴이 나를 향해 달려드는 것이 아닌가?

"할아버지!"

외손자 겸이가 제 부모들과 함께 뛰어온다. 난데없는 '번개맨' 망토를 두르고 이야기 속 주인공처럼 호기를 부린다. 틀림없이 텔레비전에서 본 망토가 욕심나서 사 달라고 졸랐을 게다. 사내아이라서 역시 노는 게 휘수와는 한참 다르구나.

딸 내외가 해장국을 먹으러 가는 길이라며 동행을 청한다. 이 아침에 나의 끼니를 염려하는 딸이 있다는 사실에 큰 행복감을 느낀다. 세 식구가 외식하러 가는 모습이 다정해 보여 덩달아 기분이 좋아진다. 외할아버지를 좋아하는 우리 겸이의 기분을 맞춰 줄 수 있어 다행이다.

식사를 마치고 산책 겸 우리 집까지 함께 걸었다. 기분이 좋아진 겸이는 내 손을 잡고 망토를 휘날리며 활기차게 걷는다. 그리고 쉴 새 없이 재잘거린다. 유치원 친구들 이야기, 휘수 이야기, 유수 이야기로 집에 도착할 때까지 거의 독무대를 차지했다.

그리고는 집에 들어서기 무섭게 사촌동생들을 찾는다. 늦잠에 빠진 아이들이 안 보이자 이번에는 마당의 꽃들과 연못의 물고기들을 점검한다. 겸이의 하는 짓을 유심히 살펴보면 휘수가 하는 것과 어쩌면 그리도 똑같은지 피식 웃음이 새어나온다. 평소에 휘수가 하는 짓이 얼마나 부러웠으면 이렇게 따라할까 싶어서다.

이 집은 외갓집이고 이 집의 진짜 손자는 휘수라는 사실이 내심 부러웠던가 보다. 또 휘수가 가끔 텃세를 부리는 것도 한편으로는 서운했겠지. 그래서 잘 놀다가도 심술이 나서 사촌동생을 때리곤 했나 보다.

내가 집안으로 들어가기를 청하자 딸이 사양을 하고 되돌아가려 한다. 곧 제 시댁을 방문하기로 약속을 했단다.

겸이에게 더 놀다 가라고 하자 요놈 말하는 것 좀 보게.

"어차피 갈 데가 있어서요……."

이렇게 어려운 말을 어디서 배웠을까? 그리고 이 상황에 이 말을 써먹다니 고놈 참…….

2013. 4. 28

2013년

5월

무표정한 아이 얼굴에 담긴 뜻은
보고 싶어도 인내해야지요
그대들은 결코 알 수 없는

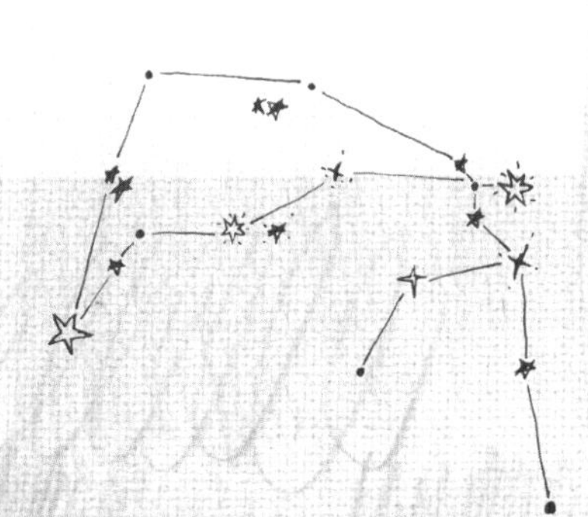

무표정한 아이 얼굴에 담긴 뜻은

지난 4월 초부터 유수를 어린이집에 보내고 있다. 손자들 돌보느라 힘겨워하는 친정 부모의 고충을 보다 못한 딸이 여기저기 꼼꼼히 알아보고 제 올케에게 적극적으로 권해서 이뤄진 일이다. 아이가 너무 어려서 좀 더 크면 보내고 싶지만, 부모들에 대한 미안함에 뜻을 모았는지 아들 내외와 딸이 어린이집에 보내자고 나선 것이다.

한시도 할아버지와 떨어지지 않던 아이가 과연 어린이집에 잘 적응할 수 있을지 걱정이 이만저만이 아니었다. 제 언니가 어린이집에 처음 다니던 때의 일이 생각나 좀체 마음이 놓이지 않았던 것이다.

그래서 처음에는 할미와 내가 아이를 어린이집까지 직접 데려가 같이 머물다가 아이가 노느라 한눈파는 사이에 슬그머니 빠져나오는 식으로 어린이집 적응을 유도했다.

할머니도 아닌 할아버지가 어린이집에 드나드는 것은 상당히 눈치 보이는 일이다. 어린이집에서 일하는 사람들은 하나같이 젊은 여성들인데다 내가 나이 많은 사람이라서 불편해할 것이 빤하기 때문이다.

할아비가 잠시도 눈에 안 들어오면 울음을 터뜨리는 아이가 맘에 걸려 어린이집에 두고 나와도 마음은 천근이다.

그럭저럭 며칠을 보냈는데 걱정했던 것보다는 아이가 적응을 잘 하는 편이어서 다행이었다. 그렇지만 마음의 짐이 덜어진 것은 아니었다.

제 언니는 23개월 만에 보냈는데도 쉬이 적응을 하지 못해 식구들 애를 태웠었다. 이제 겨우 돌이 지난 아이를 어린이집에 보내자니 차마 못할 짓이다. 아이를 걱정하는 부모의 마음이야 오죽하랴만, 맞벌이하는 현실을 거스를 수도 없고 부모에 대한 미안함 때문에 더 이상 머뭇거리지도 못한다.

아이들 때문에 외출도 못하고 답답해서 죽겠다고 불평하던 내자도 아이들이 어린이집에서 잘 노는지, 탈은 없는지 걱정이 태산인 모양이다.

제 언니는 훨씬 커서 보냈는데도 어린이집에 마음 편히 간 적이 별로 없었는데, 이 아이는 그보다 훨씬 어림에도 일찌감치 눈치를 채고 체념한 것인지 신통하게도 적응을 잘하고 있다. 그래서 더 안쓰럽고 사랑스럽다.

× 2013. 5 ×

아직 말도 못하는 아이의 가슴은 얼마나 답답할까? 차창 너머로 아이를 태운 버스가 떠나는 걸 내다볼 때면 가슴이 미어지곤 한다. 할애비와 헤어지는 서운함을 애써 지우려는 듯한 표정 없는 아이의 얼굴 때문에 누군가가 내 가슴을 큰 채찍으로 후려치는 것만 같다.

내 눈으로 직접 본 적이 없어 모르지만, 하도 궁금해서 어린이집에 조심스레 물어보면 늘 잘 논다는 대답만이 돌아온다. 어린이집 사람들은 직업상 그 말이 입에 붙은 모양이다.

요새 하루가 멀다 하고 들려오는 어린이집 사고 소식 때문에 마음이 착잡하다. 돌보기 힘들다고 이렇게 어린아이를 남에게 맡기다니 아마도 나는 벌을 받아도 아주 큰 벌을 받아야 할 것 같다.

2013. 5. 2

보고 싶어도 인내해야지요

드디어 아들 내외가 분가를 실행에 옮기려나 보다. 그저 부모에게 미안해서 말로만 해 본 소리인 줄 알았더니, 그동안에 분가할 궁리를 구체적으로 진행했던 모양이다. 아랫마을에 값싼 16평 대 아파트를 구했다는 통보다. 6월 초에는 이사를 하겠다고 한다.

수중에 돈이 없어 은행 대출만 잔뜩 끼고 마련한 집이다. 얼마나 많은 고민 끝에 내린 결정일까? 집 장만하는 데 작은 도움도 주지 못한 아비의 무능함이 가슴을 무겁게 짓누른다.

이번 일에 식구 중 누구 하나라도 마음 편한 사람은 없을 게다. 넓은 집을 놔두고 굳이 이렇게까지 해야 하는지, 가족 간의 갈등 하나도 풀지 못하는 가장의 무능함에 말문이 막힌다. 아들 내외가 집을 나간다고 문제가 해결되기라도 하는가?

× 2013. 5 ×

불쌍한 내 손자들은 앞으로 어떻게 될 것인가? 그나마 돌봐 주던 할미 할아비 손길마저 끊기면 이 아이들은 어떻게 되는 것인가?

이번 일로 아들의 분가를 적극 내세우던 내자가 갑자기 죄인이라도 된 듯 눈치를 살피는 처지가 되었다. 솔직히 나도 아들 내외의 생활 태도가 못마땅하다. 맞벌이한다는 핑계로 집안일에 너무 소홀하고 또 아이들 돌보기도 부실해서 불만이 많은 게 사실이다. 저런 자세로 분가해서 살림살이며 아이들 양육은 제대로 해나갈지 걱정이 태산이다.

무엇보다도 가장 염려되는 부분은 아이들을 함부로 다루려는 교만한 태도다. 마치 아이들이 제 소유물이나 되는 것처럼 걸핏하면 아이들에게 큰소리로 야단을 치거나 매를 들려고 한다. 그때마다 부글부글 끓어오르는 내 속을 누가 알아줄까.

아이들이 불쌍하다. 저희끼리 살면 틀림없이 부모 눈치 안 보고 제멋대로 아이들에게 화풀이를 해댈 것이다. 아이들의 성격 형성을 위해서라도 직장생활의 스트레스나 부부간의 의견대립을 고스란히 아이들에게 내돌리는 일만은 없어야 할 텐데.

분가 문제가 다가오자 아이들이 더 불쌍하고 안타까워서 자꾸만 마음이 울적해진다. 어제는 휘수를 붙들고 슬며시 마음을 떠봤다. 눈치가 빤하고 제 의사표현을 분명히 하는 아이니까 더 걱정이 된 것이다.

“우리 아가야, 따로 나가 살면 하빠 보고 싶을 때 어떻게 할 거야?”

하고 묻자, 아이의 표정이 자못 심각해지더니 제법 어른스러운 대답이 날아온다.

“보고 싶어도 인내해야지요. 휘수는 참을 거예요.”

“휘수야, 인내란 무엇이지?”

“인내란, 좋은 일이 이루어질 때까지 오랫동안 참고 기다리는 거예요.”

아이는 며칠 전 유치원에서 ‘인내’라는 추상적인 단어를 배웠단다. 다섯 살 아이가 이해하고 구사하기에는 너무 어려운 말이지만, 아이는 벌써 이 말을 써먹을 적당한 상황을 찾아내고 말았다.

2013. 5. 26

그대들은 결코 알 수 없는

내 책을 내고 싶다는 소망을 십 년 넘게 품고 살다 드디어 그 꿈을 이루었다. '사람이 세상에 나와 책 한 권은 남기고 가야 한다.'는 나의 오랜 지론을 지키고 싶었고, 무엇보다 나 자신과의 약속을 지키고 싶은 마음이 컸기에 가능한 일이었다.

책을 출간한다는 건 처음으로 집을 장만하던 때의 감격에 비할 수 없을 만큼 가슴이 벅차오르는 일이다. 그야말로 내 인생사를 송두리째 바꿔 놓았다고 해도 과언이 아니었다.

제목은 '하빠의 육아일기'로 일찌감치 정해둔 터였지만, 막상 탈고를 끝내고 나니 이대로 세상 빛을 보게 할 것인지에 대해 선뜻 자신이 서지 않아 반년이 넘게 망설이기도 했다.

책 출간에 대해 몇몇 문인 선배들에게 자문을 구해 보았지만 피부

에 와 닿을 만큼 구체적으로 조언해 주는 이는 아무도 없었다. 자신의 일이 아니라서 그런지 아니면,

'너 따위가 감히 책을 낸다고?'

하며 비웃는 심리인지, 다들 뜬구름 잡는 이야기만 들려주어 답을 구하기란 쉬운 일이 아니었다.

허나 무식하면 용감하다고 일을 저질러 놓고 보자는 오기가 생겼다. 결국 아무런 연고도 없는 서울의 유명 출판사에 무턱대고 글을 보냈는데, 며칠 뒤 사장에게서 답신이 왔다. 글도 깔끔하고 내용도 좋아서 편집진에서는 출판을 서두르자는데, 영업 쪽에서 난색을 보인다는 이야기였다. 완곡한 대답이지만 이건 분명한 거절이었다.

아마도 내가 무명작가라서 출판시장에서의 경쟁력에 자신이 서지 않는다는 계산이었는지도 모른다. 이윤 추구가 목적인 사업가에게 무얼 더 바라겠는가? 알량한 작가의 자존심이 발동해서 구걸하듯 책을 내놓고 싶지는 않았다. 그래서 더 알아볼 것도 없이 지방의 작은 출판사를 택했다. 이렇게 지체하다 보니 해를 넘겨 버렸고 자연스레 다음해 가정의 달인 5월에 내놓게 되었다. 사람들은 이마저도 때를 잘 맞췄다고 의미를 달아 주더라.

그저 평생에 내 책을 한 권 갖겠다는 소박한 소원이 이뤄진 것뿐인데, 생각지도 않게 세상의 반응이 뜨거워 당시엔 얼떨떨하기만 했다. 세상의 인심이란 참 알다가도 모를 일이다. 별것도 아닌데 그럴싸하게 포장해서 만들어 내기도 하니 말이다. 그렇게 잔뜩 비행기를

태우면 나중에 그 후유증을 어떻게 감당하란 말인가? 여태껏 이만한 칭찬은 받아 본 적이 없어서 심한 현기증까지 느끼고 있다.

사람들은 내용은 차치하고라도 우선 부모도 아닌 할아버지가 육아일기를 쓴 것에 큰 의미를 두는 것 같다. 조선조에 '이문건(李文健)'이라는 선비가 '양아록(養兒錄)'이라는 육아일기를 쓴 이래, 실로 400년 만에 만나는 할아버지의 육아일기라며 과찬을 해 주는 바람에 머쓱해지기도 했다.

이렇게 호응해 주는 이유를 나름대로 분석해본다. 아마도 이 땅에는 나처럼 손자 육아문제를 안고 사는 이들이 상당히 많다는 반증인지도 모르겠다. 누구나 꼭 한 번 써 보고 싶은 이야기지만 선뜻 엄두를 못 냈는데 짠, 하고 그걸 실행하는 사람이 있다니 대리만족을 느끼는 심리가 아닐까?

또 다른 이유로, 작가가 이런 일에는 전혀 어울릴 것 같지 않은 경찰 출신이라는 점도 한몫했을 것이다. 참 편견이나 선입관이란 게 사람의 마음속에 이렇게도 깊숙이 자리를 차지하고 있었나 싶어 왠지 모를 씁쓸함이 느껴진다. 혹자들은 어떤 직업적 선입견에 사로잡혀 너무 쉽게 단순논리를 펼치기도 하니, 뒷맛이 영 개운치 못하다는 생각도 든다.

경찰대학에 입교해 처음 배운 것이 '경찰관은 문무(文武)를 겸비해야 한다.'는 가르침이었다. 경찰은 신체단련 못지않게 정신수련에도 큰 비중을 두어야 한다는 이 대원칙은 공직을 떠난 지금까지도 늘 유효한 덕목이 되고 있다.

민생의 최일선에서 법을 집행하는 경찰관이 자제력을 잃으면 공정한 일 처리를 기대할 수 없기 때문이다. 그런 관점에서 본다면 경찰관이 공부를 많이 하고, 자기 수양의 한 방편으로 글을 쓴다는 건 어쩌면 지극히 당연한 이치이지 않은가?

소문이란 꼬리에 꼬리를 무는 법인지, 한 번의 보도로 그치지 않고 연달아 언론사의 집중 조명을 받았다. 다른 방송사에서 한 번 취급했으면 그만일 줄 알았는데 그게 아니었다. 방송3사에 이어 교육방송까지 한 군데도 예외 없이 내가 쓴 책 이야기를 다뤄 주었다. 그것도 짤막하게 취급한 게 아니라 모두 비중 있는 기획 프로그램이었다.

그래서 자연스럽게 책도 많이 알려지게 되었다. 요즘 같은 출판계 불황에도 제법 인기작가로 대접받으니, 늘그막에 손자들 덕으로 유명세를 탄 꼴이 되었다.

하지만 거기에도 고충은 있었다. 언론사로서는 내 이야기가 신선한 소재로 비칠지 모르지만 똑같은 질문에 똑같은 대답을 되풀이해야 하는 나는 짜증이 날 정도로 귀찮았던 것이다. 그래서 서울로 올라와 생방송을 하자는 몇 군데 제의는 끝내 사양했다. 서울을 오가는 시간과 비용을 손자들을 위해 아끼는 편이 낫겠다 싶었던 것이다.

지금 내 처지에 이보다 더 유명해지는 건 별로 실속이 없는 일일 게다. 할 수만 있다면 모든 좋은 일은 손자들 몫으로 돌리고 싶다. 인생이라는 연극의 주인공은 생기발랄한 새로운 사람들 몫이고, 나는 그저 장막 뒤에서 드러나지 않는 얼굴 없는 보조자로 그치고 싶다.

언론사들은 서로 짜기라도 한 듯 틀에 박힌 질문을 해댔다. 아주 귀찮은 일이었지만, 고지식한 나는 가능하면 성실하게 답변하는 것을 미덕이라 생각해 성심성의껏 인터뷰에 응했다. 그런데 워낙 많은 사람을 상대하다 보니 때로 어처구니없는 질문을 받고 난감한 때도 있었다.

어떤 사람은,

"할아버지가 경찰 출신이라서 손자들을 엄격하게 다루는 것은 아니냐?"

라며 본질에서 한참 비켜간 말로 비아냥대기도 했다. 물론 보통 사람들의 편견에서 벗어나지 못하는 그 젊은 기자의 가벼운 입놀림에 잠시 심사가 뒤틀리기도 했지만, 나잇살이나 먹은 할아버지의 처신은 진중해야 되겠다 싶어 참았다. 젊은이의 세상살이 깊이가 그러려니 하고 너그럽게 넘기고 말아야지 어쩌겠나.

무엇이든지 조금씩 비틀어 보고 싶어 하는 게 요즘 사람들의 못된 심보인가 보다. 그래서 언론도 이런 사람의 심리를 십분 활용해서 매사를 부정적인 시각으로 보려 하는지도 모르겠다. 주제넘은 일일지 모르지만 나는 그 젊은이에게 점잖게 타일러 주었다.

"중국의 사상가인 장자(莊子)는, '아이의 눈으로 사물을 바라보라.'고 했답니다. 아이가 어른보다 일을 제대로 보는 경우가 많습니다. 어른은 욕망과 기대를 품고 사물을 바라보니까 일이 복잡하게 꼬여서 판단이 흐려지기 쉽습니다. 그런데 아이는 있는 그대로 사물을 바라보니까 일이 단순명료하지요. 순진무구한 아이들에게 할아버지가 어떤 직업을 가졌는지는 아무런 문제가 될 수 없지요. 손자들의 눈에는 그저 편안하고 익숙한 할아버지로만 보이지 않겠어요? 세상에서 가장 큰 권세를 누리는 자도, 가장 존경을 받는 사람이라 할지라도, 손자들 앞에서는 그 화려했던 영광이나 꼿꼿하던 자존심이 다 무슨 소용이 있겠어요?"

사랑하는 손자들과 더불어 살아 보지 않은 사람은 결코 터득할 수 없는 세상 이치라고나 할까?

2013. 5. 31

2013년

6월

저는요, 할아버지 할머니랑 살고 싶어요
바람이 고장 났나 봐
엄마가 슬프면 아이는 더 슬프다
그 여름날의 추억

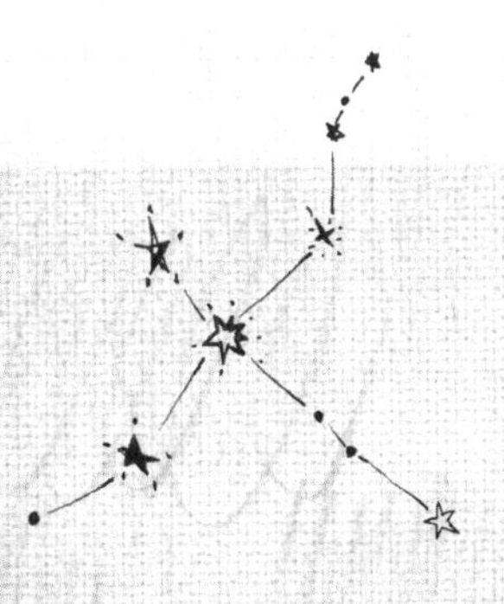

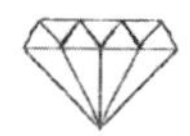

저는요, 할아버지 할머니랑 살고 싶어요

요즘 들어 아들놈의 태도가 지나칠 정도로 못마땅하다. 걸핏하면 아이들을 붙들고 큰소리로 야단을 치고, 심지어 사랑의 매 수준을 훌쩍 뛰어넘는 것을 들고 위협하기도 한다. 제 딴에는 조부모가 어리광을 다 받아 줘서 버릇없는 아이들이 되어 간다는 노파심인지도 모르겠다. 분가하기 전에 조부모와 정을 떼려는 의도일까? 직장에서의 스트레스 때문인가? 못난 자신에 대한 자학인가? 그 원인이 무엇이든 잘못 짚어도 한참 잘못 짚었다.

아들은 제 딸들을 그지없이 예뻐하긴 하지만 그 급한 성미를 다스도 하겠지만, 아이는 어디까지나 아이일 뿐이다. 그저 느긋하게 지켜보는 것이 어른의 도리일 것이다.

그러니 제발 아이를 믿고 기다려 줄 수는 없을까? 나를 닮아서인지 성미 급한 아들의 태도가 한심하기 짝이 없어 보다 못해 버럭 소리를 내지르고 말았다.

"저 어린 것들이 뭘 얼마나 잘못한다고 그리 야단을 치느냐? 아이들을 네 소유물쯤으로 여긴단 말이냐?"

자식이란 부모의 소유물이 될 수 없다. 어디까지나 독립된 인격체로 존중해 주어야 한다. 그러므로 아이에게 강압적인 태도를 보이는 부모는 부모로서 일말의 자격도 없는 사람이다.

이제 곧 손자들과 떨어져 살 생각을 하니 잠을 설치는 날이 잦다. 이 불쌍한 것들이 어리석은 제 아비의 화풀이 대상이라도 된다면, 나는 그 지경을 도저히 묵과할 수 없을 것 같다.

그렇잖아도 눈뜨자마자 제 어미와 떨어져 지내는 불쌍한 놈들 때문에 속이 상하는데, 아비라는 작자가 저리도 모질게 구니 어찌 마음 놓고 내보낼 수 있을까! 제 아비가 야단칠 때 갓 돌 지난 작은놈까지도 고개를 푹 숙이고 시무룩해지는 모습이 떠올라 자면서도 속이 끓어오른다.

아무리 타이르고 야단을 쳐 봐도 좀체 그 못된 버릇이 고쳐질 것 같지 않다. 지금도 이런데 저희들끼리 나가 살면 아비 눈치도 안 보고 더 멋대로 굴 것이 아닌가?

저녁상을 물리고 나면 할미와 큰놈은 거실 의자에 나란히 앉아 도란도란 이야기꽃을 피운다. 계속되는 아이의 질문공세에 지친 할미가 입을 다물 무렵이면 아이는 쓰러져 먼저 잠이 들곤 한다.

얼마 전에 할미가 조심스레 이사 이야기를 꺼냈단다. 아이에게 이사 간다는 말을 들려주고 마음의 준비를 하게 만들려는 의도에서였다.

곧 이사 간다는 걸 눈치 챈 아이가 할미에게 묻더란다.

"할머니, 이사 갈 때 할아버지랑 할머니랑 같이 가지요?"

"아니, 할아버지랑 할머니는 이 집에 살고 너희들끼리만 가는 거야."

"할머니, 저는요. 할아버지랑 할머니랑 이 집에서 살고 싶어요."

"아니야. 너는 아빠 엄마랑 유수랑 같이 가야 해."

할미는 모질지만 말이 나온 김에 아이에게 확실히 이야기해 주어야겠다고 생각한 듯하다.

아이는 이내 표정이 어두워지며 안방 침대로 달려오더니 머리를 파묻고 울기 시작한다. 그렇게 한참을 서럽게 흐느끼다 잠이 들었다. 뒤따라 안방으로 들어온 내자에게 슬며시 말을 건네 본다.

"우리가 큰놈만이라도 데리고 삽시다."

그러자 내자의 대답은 화살처럼 신속하게 날아든다.

"안 돼요. 제 부모랑 같이 살게 해야지요."

어린 시절 부모 형제와 떨어져 시골에서 할머니와 함께 살았던 내자는 지극히 단호하게 쐐기를 박아버린다.

내자는 지금 단단히 착각하고 있는지도 모른다. 본인의 경우야 같이 살고 싶은 부모 형제들과 떨어져 사는 바람에 상처를 받은 거지만, 손녀의 경우는 그와 정반대이기 때문이다. 조부모와 같이 지내고 싶은데 어른들이 그걸 막으니까 아이가 걱정하고 있는 것이다.

내자는 또래 할매들과 어울려 다니면서 손자 키우는 어리석음을 손가락질하는 그들의 훈수에 속이 상했던 적이 한두 번이 아닐 게다. 그래서 오래전부터 아이들을 내보낼 결심을 굳히고 있었는지도 모른다.

속정 많은 내자가 나보다 더 깊은 뜻이 담긴 교육을 하고 있는 거라고 그냥 그렇게 생각해 버릴까?

2013. 6. 3

바람이 고장 났나 봐

아직은 6월 초순인데도 날씨는 30도를 웃도는 한여름이다. 세상 돌아가는 일에 초연하고 싶지만, 적어도 우리가 눈을 감는 날까지는 눈과 귀를 막고 살 수 없으리라. 보고 듣는 세상일은 늘 시끄러워 짜증나는 일투성이인데, 어쩌려고 이렇게 날씨마저 사람을 괴롭히는지 모르겠다.

나는 따뜻한 남쪽지방 태생이라 더위에는 그럭저럭 잘 견디는 편이었다. 그런데 해가 갈수록 나이 탓인지, 아니면 지구 온난화 때문인지 점점 여름을 나기가 만만치 않은 것 같다.

벌써부터 숨을 헐떡이는 휘수네 할매는 문을 활짝 열어젖히고 선풍기와 한 몸처럼 붙어 지낸다. 늘 엄마 품이 그리운 유수는 시시때때로 할미나 할아비에게 안기려 드는데, 아이가 다가오면 난로를 안는 것 같다며 할미는 저 멀리 달아나 버리는 것이다.

이런 여름날이면 신영복이 감옥에서 쓴 책인 〈감옥으로부터의 사색〉에 나오는 여름징역살이의 고충을 이야기한 대목이 딱 어울린다. 이 책에는 여름징역살이의 고충을 토로하는 대목이 나오는데 할매의 이런 행동을 대변해 주는 말이 아닌가 싶다.

'여름 징역은 옆 사람을 증오하게 한다. 옆 사람은 단지 37도의 열 덩어리로만 느끼게 한다.'

아이들은 평소에 열이 많은 까닭에 잘 때는 이불을 걷어차 버리지만, 깨어 있는 동안에는 어른들 품으로 파고들려는 습성이 있다 . 그래서 더위가 싫은 어른들에게 환영받지 못하는 그놈들이 볼수록 안쓰럽다.

저녁 무렵이 되자 한결 더 시원한 바람이 집안으로 달려든다. 나는 한기마저 느끼는데 내자는 시원해서 좋다며 문 닫을 생각을 않는다.

"감기에 걸린 아이들도 생각해야지."

하며 핀잔을 주어 보지만 도리어 내게 짜증을 낸다.

"내 몸이 더위를 못 참는데 어떡하라고……."

더위란 말만 나와도 금방 무서운 기세로 돌변하여 짜증을 부리는 사람이다. 새벽녘이면 제법 냉기가 돌지만 이때도 내자는 선풍기를 끌 줄 모른다. 걸핏하면 갱년기 핑계를 대니 그 증세를 잘 알지 못하는 나로서는 말문이 막히고 마는 것이다.

이런 시비가 오가는 사이에 바람이 잦아들었다. 그러자 휘수가 한 마디 거들고 나선다.

"바람이 고장 났나 봐."

"우리 아가는 어쩌면 이렇게도 시적인 표현만 골라서 하는지 몰라!"

입씨름하던 할미와 할아비의 얼굴에 절로 웃음꽃이 피어난다.

2013. 6. 8

엄마가 슬프면 아이는 더 슬프다

학교에서 교육복지업무를 담당하는 며느리는 주말에도 쉬지 못하고 워크숍에 참여하거나 학생들의 현장체험학습을 인솔하느라 밖에서 자야 하는 경우가 많다. 어린아이가 둘인 엄마가 외박을 할 때마다 집에 남겨진 아이들이 엄마를 기다릴 것을 생각하면 얼마나 맘이 불편할까? 어미 대신 아이와 밤을 같이 지내는 일이란 겪어 보지 않은 사람은 도저히 짐작하지도 못할 게다. 이런 날이면 밤새 엄마를 찾으며 보채는 아이도 힘들고, 그 아이를 달래는 할미 할아비도 거의 밤을 지새운다.

아이들은 퇴근 시간이 가까워 오면 부쩍 엄마를 찾기 시작한다. 애타게 기다리는 엄마가 안 오면 아이들은 큰 허탈감에 빠지게 마련이다. 우리도 어린 시절 학교에 갔다 오거나 외출했다가 집에 돌아왔을 때 가장 먼저 찾던 사람이 엄마가 아니었던가? 이때 엄마가 안 보이면 세상이 텅 빈 것처럼 허전한 마음을 가눌 길이 없었지. 아무리 아이가 잘 따르는 할미 할아비라도 어미를 대신해 줄 수 없는 시간이 있다. 그 작은 가슴에 켜켜이 쌓이는 어미를 향한 그리움을 어떻게 달랠 것인가?

아이들이란 밤이 되면 엄마 품에서 안온하게 자길 원하는데 그런 희망마저 사라지면 아이는 큰 실의에 빠질 것이다.

작은 손녀가 어미를 찾으며 보채는 밤이면 할아비 등에 업힌 여린 몸뚱이가 더욱 작고 안쓰러워 나직하게 이런 동요를 불러주곤 한다.

"……엄마 곱니 아빠 곱니 누가 누가 더 곱니
엄마 없던 날 하루 세 끼 비빔밥만 먹었고요
아빠 없던 날 밤새도록 도깨비 꿈만 꾸었대요
엄마야 아빠야 우리 우리 함께 살자야
해도 있고 달도 있는 푸른 하늘 집처럼……."

조선족 아이들이 부르는 '엄마야 아빠야' 라는 노래다. 한국으로 돈을 벌러 간 조선족 부모들의 빈자리를 그리움과 원망으로 채우고 사는 아이들의 서글픈 목소리가 심금을 울린다. 비단 이게 연변 동포들만의 일인가? 오늘날 이 땅 곳곳에도 이와 별반 다를 바 없는 처지에서 눈물짓는 사람들이 부지기수가 아니던가?

학과 수업만을 우선시하는 우리네 교육의 단견(短見)을 보는 것 같아 안타깝다. 왜 교육 당국은 그런 프로그램을 꼭 주말에만 편성하는 것인가. 담당교사들 대다수가 어린아이를 가진 엄마들인데 구성원들의 처지를 왜 고려해 주지 않는지 교육기획자들의 그런 무심함이 참으로 원망스럽다. 이건 또 다른 인권침해나 다름없는 처사가 아닌가.

2013. 6. 15

그 여름날의 추억

새벽녘 잠 못 이루고 뒤척이는데 이 야심한 시각에 누가 해금 연주라도 하는 건지 참다 참다 벌떡 일어나고 말았다.

'앵' 하는 모기 소리에 잠이 확 달아난 찰나에 문득 아이를 살펴야 한다는 생각이 스치고, 나는 용수철 튀듯 휘수의 침대로 몸을 돌린다. 아이가 땀을 많이 흘리니 그 냄새를 맡은 모기가 아이에게 달려들 것이다. 거기다 아이는 벌레 알레르기가 심해서 모기에 물리면 살갗이 금방 벌겋게 부어오르고 가려움에 긁기 시작한다. 그 고통스러워하는 모습을 보고 있자면 얼마나 애처로운지, 차라리 내 몸이 가려웠으면 싶을 정도다.

때 이른 무더위에 장마철까지 겹치자 전원마을은 모기들의 천국이 되었다. 어른들이야 그럭저럭 견딘다지만, 여린 몸뚱이로 버텨야 하는 아이들에게는 여간 고통스러운 일이 아니다.

모기란 놈들은 왜 그리도 아이 살 냄새를 잘 맡는지 생각할수록 야속하기 그지없다. 할 수만 있다면 대신 내 살을 갖다 바치고 싶다.

"모기들아, 제발 내 피만 다 뜯어먹고 대신 내 손자들은 가만히 놔두어라!"

아이 걱정에 잠은 멀리 달아나고 아이의 곁에서 모기 쫓기 작전에 돌입한다. 이불을 걷어차고 온몸을 드러낸 채 잠든 아이를 내려다보며 이대로 날을 새야겠다고 다짐한다. 가끔 얇은 이불이라도 살짝 덮어 주려 치면 어느새 알아차리고 도로 차버린다. 잘 보이지도 않는 깜깜한 어둠 속에서 조심스레 주변에 모기약도 뿌려 보고 부채로 바람을 일으켜 보기도 하지만 언제 기습할지 모르는 적을 경계하는 초병처럼 잔뜩 긴장상태가 돼 버린다.

나는 지금 아득한 시절의 한 자락에 잠시 멈춰 있다. 모기가 우글거리는 시골에는 밤이면 더위를 피해 마당에 멍석을 깔아 놓는다. 푹신함과는 거리가 먼 거친 질감의 멍석 위에 누우면 총총한 하늘의 별들이 얼굴로 우수수 쏟아져 내린다. 무릎베개 할머니의 구수한 옛이야기를 자장가 삼아 들으며 비몽사몽간을 헤매던 아이는 어느새 잠에 빠져든다. 할머니는 연신 부채로 모기를 쫓으며 손자의 평온한 수면을 지켜 주셨다.

우리 할머니는 지금쯤 하늘나라에서 이 손자와 손자를 닮은 사랑스러운 고손자들을 지긋이 내려다보고 계시겠지!

× 2013. 6 ×

쑥대를 태우는 냄새가 온 마당을 휘감고 여름밤은 깊어 간다. 하루 종일 고된 노동으로 지친 우리 할머니. 그날 할머니가 겪었을 고통을 육순의 손자는 할아버지가 된 오늘에야 느낀다. 할머니의 헌신으로 손자는 안온한 잠에 빠져든다. 다음 날 단잠 끝에 눈을 뜨면, 나의 잠자리는 어느새 방안으로 바뀌어 있곤 했지.

그렇게 정겹던 풍경도 이제는 아득한 옛이야기가 되어 추억의 뒤편으로 사라져 버렸다. 손자를 향한 나의 정성이 아무리 지극하다 한들 천사 같은 우리 할머니의 사랑에야 감히 다가갈 수 없으리라!

2013. 6. 26

2013년

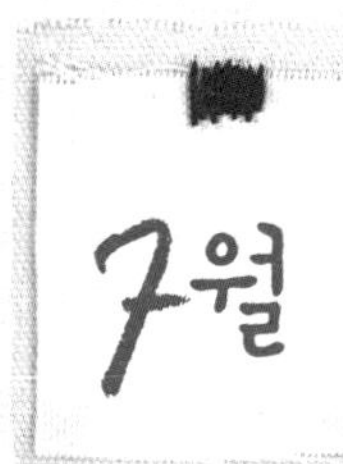

그래도 우린 떨어질 수 없어
손자의 아픔은 할아비의 업보
손자가 제일 무섭네!
할아버지 보러 갈까?
지금 가장 고마운 사람
크게 소리 질러도 돼요, 쿵쿵 뛰어도 돼요?
세월 탓인가, 타고난 영민함인가?

그래도 우린 떨어질 수 없어

드디어 아들이 분가해서 집을 나갔다. 무력한 아비는 한 푼 보태주지도 못한 채 은행 빚을 잔뜩 안고 16평 아파트를 마련한 것이다. 그동안 아들은 소위 스크럼(Scrum)족으로 살았다. 스크럼이란 어깨를 꽉 끼고 절대 놓지 않으려는 자세를 말하는데, 한마디로 부모의 품을 놓지 않는 자식이란 소리다.

젊은 층의 취업난과 노년층의 증가는 결혼 후에도 부모에게 의존하려는 스크럼족을 양산하고 있다. 자녀 양육의 짐을 벗고 홀가분한 노후를 보내고 싶은 노부모들에게는 그야말로 족쇄가 되고 있는 것이다.

내겐 오늘로서 그 족쇄가 풀렸다. 아들의 입장에선 그동안 숙식 걱정 없이 아이들까지 부모에게 맡기고 살다 이제야 겨우 진정한 가장 노릇을 하게 된 것이다.

허나 이것이 과연 해방일까, 또 다른 무거운 짐일까? 세상일이란 늘 빛과 그림자가 있게 마련이니, 이를 두고 반드시 좋다고만 할 수도 없을 게다.

부모 눈치 덜 보고 사는 게 마음은 편할지 몰라도, 맞벌이하는 형편에 가장 큰 걱정은 아무래도 아이들 양육 문제다. 이건 달리 해결할 방도를 찾을 수가 없다. 별수 없이 아들 내외가 출근하는 아침 7시경에 우리 부부가 아들네 집으로 달려가서 아이들을 돌보기로 했다.

어찌 보면 우리 부부의 생활은 전보다 더 불편해졌다. 그동안은 유치원이나 어린이집 차가 오면 아이들을 태워 주기만 하면 되었지만, 이제는 더 일찍 일어나 아이들을 돌보러 가야 한다. 내자는 출근하는 며느리가 버스 타는 곳까지 데려다 주고 나서 아들네 집으로 돌아오고, 나는 그동안 두 아이들을 보살피기로 업무 분담을 했다. 이 일을 둘이 아닌 혼자 감당한다면 얼마나 벅찰까 생각만 해도 끔찍하다.

부모들이 출근한 것도 모르고 곤히 잠든 두 아이의 잠자는 모습을 들여다본다. 아이들이 눈을 떴을 때 누가 옆에 없으면 상심이 클까봐 잠시도 아이 곁을 떠나지 못한다. 지금 할미나 나나 아이들이 불쌍해서 누가 건드리기만 해도 금방 눈물이 쏟아질 것 같다. 언제까지 이렇게 가슴에 무엇이 얹힌 것처럼 갑갑함을 안고 살아가야 할지 울적하기만 하다.

× 2013. 7 ×

너무 늦잠을 재우면 유치원이나 어린이집에 보내는 데에 차질이 생기기 때문에 적당한 시간에 깨워야 한다. 대소변 뉘고, 밥 먹이고, 옷 갈아 입혀 차에 태워 데려다주려면 아침마다 얼마나 바삐 움직여야 하는지 진땀이 다 난다.

이윽고 아이들이 눈을 뜬다. 잠에서 깰 때면 아무리 찾아도 보이지 않는 제 어미 대신 할미 할아비와 마주치는 것이 익숙한 일상이다. 할미 할아비만 있으면 아이들로서야 크게 달라진 환경도 아닐 것이다. 아이들이 웃어도, 울며 보채도 우리 눈에는 다 측은하고 귀엽게만 보여서 할미 입에서는 또 특유의 감탄사가 튀어나온다.

"아이고, 귀여운 내 새끼들!"

할미의 손은 어느새 작은아이의 엉덩이를 토닥이고 있네.

2013. 7. 8

손자의 아픔은 할아비의 업보

아들이 분가했어도 아직은 우리 집에서 지내는 날이 더 많다. 아들네는 퇴근길에 아이들을 데리러왔다가 자연스레 저녁식사도 같이 하곤 하는데, 오늘은 저녁밥을 먹고 나서 아이들의 어미가 아파트로 데려가려 하자, 작은놈은 순순히 따라나서는데 큰 녀석은 한사코 마다한다. 할미 할아비와 같이 자야겠다는 것이다.

요즘 들어 부쩍 흥미가 붙은 퍼즐놀이를 할미와 함께하며 이 집에 있겠다는 데 달리 말릴 도리가 없다. 88조각이나 되는 퍼즐을 어른들보다 더 잘 맞추는 걸 보면, 그 비상한 기억력에 입을 다물지 못한다. 작은 손으로 이리저리 뚝딱 맞춰 내는 재주를 바라보노라면 절로 흐뭇한 웃음이 피어난다. 이럴 때면 아무라도 붙들고 실컷 자랑이라도 하고픈 마음이다.

똑 부러지는 야무진 말투와 귀여운 몸짓으로 우리 내외를 한껏 기

× 2013. 7 ×

분 좋게 해주고는 11시가 되어서야 잠이 들었다.

후텁지근한 날씨에 땀을 잔뜩 쏟아 낸 하루여서 막 곤하게 잠이 들었는데, 난데없이 울어대는 소리에 놀라 눈을 떴다. 코가 막혀서 숨을 쉴 수 없다며 막무가내로 소리를 지르고 우는데 마땅한 방도를 못 찾겠다. 아이는 코와 귀가 약해서 가벼운 감기 기운에도 숨쉬기를 힘겨워 한다.

제 어미가 만성비염으로 코를 훌쩍거리는 습관이 있는 게 늘 안타깝고 맘에 거슬리는데, 하필 그런 좋잖은 병력을 닮는지 속이 상한다. 앞으로 창창하게 살아갈 아이가 오랫동안 이런 고통에 시달릴 것을 생각하면 마음이 아프고 심사가 뒤틀린다. 새삼스럽게 되돌릴 수 없는 일을 거론할 수야 없다. 모든 게 인연이고 나의 업보인 것을 어찌하랴?

세수도 씻겨 보고, 코가 뚫린다는 약물도 발라 보고, 물을 먹여 봐도 찝찝한 코 때문에 고통스러워 울기만 한다. 한참을 달래다 지치고 짜증이 난 할미는 속이 상해 거실로 나가 버린다. 이제 아이는 온전히 내 차지가 되어 갖가지 설득과 응급처치를 해 보지만 아이의 짜증을 당해낼 재간이 없다.

이렇게 한참을 씨름하다 지쳐 겨우겨우 아이가 잠 들었는데 이번에는 언제 방안으로 침입했는지 모기의 앵앵거리는 소리가 귀에 몹시 거슬린다. 시계를 보니 새벽 4시가 다 되었다. 새삼스레 잠을 청하기에는 이미 물 건너간 시간이다. 아이 곁에서 모기나 쫓아야겠다.

온갖 잡념이 머릿속을 맴돈다. 아이의 병을 고쳐 줄 방도는 없을까? 어쩌다 너와 나는 조손간이라는 인연으로 세상에서 만났느냐? 누가 뭐래도 이제 너는 세상에서 나에게 가장 소중하고 애틋한 존재다. 너의 아픔이 나에게는 몇 배나 더 큰 슬픔으로 세차게 달려든다. 날이 밝으면 아이를 데리고 병원으로 달려가야겠다. 제발 내 손자 병 좀 낫게 해달라고 의사에게 매달리고 싶다.

2013. 7. 10

손자가 제일 무섭네!

어제 아침의 일이다. 아들이 분가한 뒤로 우리 부부는 아침 7시면 어김없이 아들네 아파트로 달려간다. 출근하는 아들 부부와 교대를 하고 나면 잠든 아이들의 귀여운 모습을 들여다보며 잠이 깰 때까지 기다린다. 한참 뒤에 눈을 뜬 큰놈의 발그레한 얼굴이 하도 예뻐서, 잘 잤느냐고 말을 걸자마자 얼굴을 잔뜩 찌푸린 아이의 입에서 흘러나온 말에 가슴이 뜨끔했다.

"할아버지, 냄새 싫어!"

아차, 급히 오느라 그만 양치질을 거르고 왔더니 예리한 아이의 코에 여지없이 걸려들고 말았구나! 그동안 한 번도 이런 일이 없었는데, 입이 바로 터진 아이의 따끔한 침 한 방에 민망해서 얼굴을 들 수가 없다.

제법 깔끔 떨며 사는 나도 이젠 어쩔 수 없이 냄새 풍기는 늙은이로 전락하고 말았구나. 아이는 까끌까끌한 수염은 신기한지 일부러 만져 보기도 하며, '수염은 공주님 말고 왕자님들한테만 나는 것'이라는 말도 했다. 그렇지만 입 냄새는 아무래도 오래도록 아이에게 좋지 않은 기억으로 남을 것만 같아 신경이 쓰인다. 앞으로는 내가 정신을 놓지 않는 한 이런 실수를 다시는 되풀이하지 않으리라 다짐해 본다.

이런 사실을 실토했더니 덩달아 내자까지 아이들 눈치를 살핀다. 오늘 아침에는 내자가 먼저 화장실로 달려가 이를 닦으면서 나를 돌아본다.

"휘수 할아버지, 양치질했어요?"

아침 일찍부터 부부는 마주보며 한바탕 크게 웃음을 터뜨렸다.

우리가 사는 동안 이렇게 무서워한 사람이 또 있었던가!

참, 손자가 제일 무섭네!

2013. 7. 12

할아버지 보러 갈까?

유수의 귀가 시각은 오후 4시다. 아이는 선생님 품에 안겨 병아리 색 미니버스를 타고 나타난다. 아이는 차 속에서 낯익은 우리 동네 풍경을 이리저리 두리번거리다 멀리 우리 집 하얀 대문이 눈에 들어오면 소리를 지르며 좋아한다고 한다. 대문 앞에서 어김없이 기다려 주는 할아비를 보면 선생님 품을 박차고 달려든다.

아이를 내게 인계해 주는 시간에 담임선생님은 유수가 오늘 겪은 일을 대략 일러 준다. 대개 듣기 좋은 말을 많이 하지만, 아이가 실수를 하거나 안 좋은 일이 생기면 멋쩍은 웃음으로 얼버무리기도 한다.

또 우유나 간식은 몇 시에 얼마나 먹었고 잠은 얼마나 잤는지, 똥은 몇 번 쌌고 묽은지 된지, 약은 제대로 먹었는지 통신문에 상세히 기록해 준다.

어쩌다 놀다 넘어져서 상처라도 생기면 자신의 불찰로 그리 됐다며 몇 번이고 미안해하는 바람에 듣는 내가 오히려 민망해진다.

오늘은 집으로 돌아갈 시간이 되자 선생님이 유수에게 물었단다.

"유수야, 엄마 보러 갈까?"

했더니 고개를 가로 저으면서 싫다고 하더란다.

"할아버지 보러 갈까?"

하고 다시 물었더니 이번에는 고개를 끄덕이며 좋아하더란다. 어린이집에서도 유수가 할아버지를 정말 좋아한다고 소문이 자자하다. 나를 부를 때는 대개 제 언니처럼 '하빠'라고 부르지만, 때로 급히 찾을 때면 '하빠빠빠'라고 큰소리를 질러댄다. 이런 말을 들을 때마다 아이가 신통하다기보다 짠한 마음이 앞선다. 눈뜬 시간만 따지고 보면, 제 어미보다 할아비와 같이 지내는 시간이 더 많다 보니 아이가 이렇게 생각하는 것도 무리는 아닐 게다.

선생님 말에 의하면, 이제 겨우 15개월 남짓밖에 안 된 아이가 어찌나 말귀를 잘 알아듣는지 어린이집에서도 귀여움을 독차지한다며 공치사를 늘어놓는다. 암, 뉘 집 딸인데. 밖에 나가서도 결코 밉상은 아니리라는 확신을 갖는다.

어미 품이 모자라 늘 짠한 우리 유수야!

네게는 언제나 이 할아비가 있음을 잊지 말거라!

부디 건강하고 예쁘게 자라거라!

2013. 7. 16

지금 가장 고마운 사람

세상의 흐름은 참 무섭다. 이런 변화에 재빨리 편승하는 사람만이 실속을 차리며 살아갈 수 있다. 복지 부문이 국가의 최우선 과제로 등장하고 육아문제가 커다란 사회적 관심사가 되자 우후죽순처럼 어린이집이 생겼다. 국고 보조가 보장되고 사업성이 있다는 사실이 알려지면서 생긴 현상일 게다. 그런데 무엇이든지 한꺼번에 너무 많이 생기면 그 관리가 부실하게 되고 부작용도 따르게 마련이다.

외손자 겸이가 처음 다녔던 어린이집에 크게 실망했던 딸이 꼼꼼하게 알아보고 등록한 곳이 바로 지금 유수가 다니는 어린이집이다. 물론 나도 며칠간 직접 그곳을 방문해 본 터여서 한층 믿음이 갔다. 아파트 단지의 1층 한 집을 개조한 아주 작은 규모이긴 하지만, 원장이나 교사들의 애정과 열의가 남다른 곳이라는 인상을 받았다.

아이가 지내는 모습을 직접 지켜볼 수는 없지만, 매일 보내오는 아이 일기장을 꺼내보면서 머릿속으로 아이의 일과를 복기해 본다. 그래서 아이가 귀가하면 가장 먼저 확인하는 게 아이의 일기장이다. 늘 느끼는 일이지만, 교사의 따뜻한 관심과 정성에 잔잔한 감동을 받을 때가 많다. 오늘 보낸 교사의 통신문을 다시 꺼내 보고 아이의 귀여운 모습이 눈앞에 그려져 혼자 소리 없이 웃음 짓는다.

"우리 유수 하는 행동이 얼마나 예쁜지 몰라요.
낮잠을 오래 자서 간식을 먹이려고 깨웠더니 울지도 않고 벌떡 일어나 베개 정리를 하더군요.
평소 제가 하던 행동을 유심히 보고 따라 했나 봐요.
하도 예뻐서 잘했다고 했더니 기분 좋아하며 박수를 쳤어요. 주말 행복하세요."

남들이 보면 대수롭지 않게 흘려버릴지 몰라도 내게는 얼마나 소중하고 기다려지는 소식인지 모른다. 아이가 집에 돌아오면 아이의 하루 일과가 궁금해서 가장 먼저 꺼내 본다. 아이의 삶에서 잘 먹고, 잘 싸고, 잘 자고, 잘 노는 것만큼 중요한 일이 어디 또 있을까? 작지만 이런 소상한 기록이 나의 가장 큰 관심사다.

손자들이 생긴 이래 내가 가장 가깝게 여기는 이웃은 말할 것도 없이 아이들을 돌보는 보육교사들이다. 이들은 내가 미처 다 살피지 못하는 구석을 대신해 주는 고마운 사람들이다. 비교적 나이도 어리고 사회적으로도 좋은 처우를 못 받는 그들이지만, 나에게는 한없이 고마운 존재들이다. 무엇보다 나의 가장 큰 관심사인 손자들을 두고 정서적인 교감이 이루어지니, 그저 반가울 따름이다. 그래서일까. 그들을 만날 때면 옷매무새도 다시 살피고 말씨도 한껏 조심스럽게 하려고 노력한다.

사십 여 년 전 일이다. 몇 달 후 군 입대를 앞 둔 내게 참으로 잊지 못할 사건이 있었다.

환갑을 넘긴 어떤 할머니가 내가 강사로 몸담고 있던 입시학원에 찾아오셨다. 이유인즉, 미국에 사는 손자들에게 편지가 와도 답장을 못해 답답하다는 얘기였다.

결국 학원장의 배려로 내가 그 할머니의 학습지도를 맡게 되었는데, 그분은 단 하루도 빠짐없이 열성적으로 공부를 하더니 서너 달 만에 한글을 완전히 깨우쳐 편지를 쓸 수 있는 수준이 되었다. 내친 김에 욕심을 내 기초영어까지도 가르쳐 달라고 할 만큼 학구열이 대단한 분이었다.

"이제 글 몰라 답답하고 속상할 일은 면하게 되었다."

며 만면 가득 행복해 하시던 모습이 상을 받고 좋아하는 초등학생처럼 순수하고 아름답게 보여, 나는 눈시울이 뜨거워질 만큼 진심 어린 위로와 박수를 보내드렸다.

그 당시 사회상으로 볼 때 육순 할머니가 늦게 한글을 배우겠다고 나서는 건 보통 용기가 아니고서는 엄두도 못 낼 일이었다. 그런데다 그런 다부진 의욕에 못지않은 불타는 향학열과 그런 어머니를 격려해 준 가족들까지 참으로 세상의 귀감이 되고도 남을 일이었다.

하루는 점잖은 중년신사 한 분이 나를 찾아왔다. 자세히 보니 신문에 시사칼럼을 쓰는 일류대학의 저명한 교수였다. 나를 찾아온 사유를 묻기도 전에 자신을 소개하던 그는 바로 그 할머니의 아들이었다. 어머니의 소원을 풀어 주어서 고맙다는 인사를 하러 왔다며 자신보다 한참 어리고 학식도 비교가 안 되는 내게 정중히 고개를 숙이는 게 아닌가? 그 어머니에 그 아들이라는 말은 이런 때 딱 들어맞는 것 같다.

군에서 제대하고 나서 공부하고 직장생활을 하느라 워낙 바쁘게 지내다 보니 까맣게 잊고 살았다. 그동안 찾아뵐 엄두도 못 내고 세월이 이렇게 흘러버린 것이다. 아마도 지금은 고인이 되셨을지도 모르겠다. 그분은 나의 제자이면서도 내가 존경해 마지않았던 잊지 못할 분이시다.

나야 그 교수처럼 고매한 인격과 학덕을 갖춘 사람은 못되지만, 그분과 같은 심정으로 어린이집 교사들을 대하고 싶은 마음이다. 내가 세상에서 가장 소중히 여기는 손자들을 돌봐 주는 분들이 바로 그들이기 때문이다.

유난히 무더운 올 여름, 수박 값이 워낙 비싸 먹고 싶어도 쉬이 엄두를 못 냈다. 그래도 며칠 전 복날에 동네 과일가게에 들러 제일 큰 수박 한 덩이를 골라 사들고 어린이집을 찾았다. 이 무더운 복날 지금 나에게 가장 고마운 사람들에게 최소한의 도리는 해야겠다는 생각에서다.

2013. 7. 19

크-게 소리 질러도 돼요,
쿵-쿵 뛰어도 돼요?

겸이와 휘수는 각기 다른 유치원에 다닌다. 일찍 여름방학을 맞은 겸이가 휘수를 보고 싶다며 외가에 놀러왔다. 늘 하던 버릇대로 집에 들어서기가 무섭게 휘수를 찾지만 휘수는 아직 유치원에서 돌아오지 않았다.

겸이의 마음을 가만히 들여다보면 참 재미있는 걸 발견하게 된다. 이 아이는 사내애보다 여자애들을 더 좋아한다.

"어린 녀석이 벌써부터 밝힌다."

고 놀림감이 되기도 하지만 이건 틀림없는 사실이다. 특히 머리가 긴 아이들을 좋아하는 편이다. 그래서 겸이는,

"유수보다 휘수가 더 예쁘다."

고 입버릇처럼 말하곤 한다. 유수는 아직 머리털이 덜 자라 선머슴아 같은 몰골이라서 그런가 보다.

또 겸이는 제 또래인 휘수와는 잘 어울리지만 아직 말이 통하지 않는 유수는 못마땅해 하는 눈치다. 유수가 다가오면 귀찮아하며 피하거나 밀쳐내기 일쑤다. 유수는 언니 오빠 노는 데에 끼어들고 싶어 안달이지만, 뭐든지 막무가내로 구는 바람에 늘 외톨이가 되고 만다. 평소에는 유수의 뜻을 잘 받아 주던 휘수도 겸이가 오면 동생을 아예 제쳐놓고 논다.

혼자 장난감을 갖고 조용히 놀고 있던 겸이가 휘수의 귀환에 갑자기 얼굴에 생기가 도는가 싶더니 태도가 싹 돌변한다. 기다리고 기다리던 반가운 동무의 등장에 신이 날대로 난 것이다.

두 아이들이 만나면 흔히 하는 놀이가 온 집안을 헤집고 다니거나 안방 침대에서 점프를 하면서 할아비에게 장난을 치는 것이다.

"할아버지, 무서운 것 보여 주세요!"

하고 시비를 건다. 내가 반응을 보이지 않으면 노골적으로 다가와서 내 몸을 건드리고 내가 놀라는 표정을 지으면 깔깔깔 웃으며 도망을 치는 것이다.

개도 한 마리만 키울 때는 조용한데 두 마리 이상이 되면 온 사방을 천방지축으로 어질러놓으며 요란스럽게 장난을 친다. 아이들도 둘만 모이면 어찌나 소란스러운지 옆 사람과 대화도 잘 안 되고 텔레비전도 제대로 시청할 수 없을 지경에 놓인다. 아이들의 떠들썩한 소리는 사람 사는 느낌이 나서 괜찮다는 생각이 들다가도, 때로는 견디기 힘든 소음공해가 되기도 한다.

그때마다 여러 차례 주의를 주지만 아이들이 그걸 참아 내는 시간은 채 1분도 안 된다.

나중에는 아예 포기하는 편이 낫겠다는 생각이 든다. 아파트에 살면서 위 아랫집 눈치 보느라 마음 놓고 소리도 못 지르고 뛰어다니지도 못했을 걸 생각하면 더는 말리고 싶지도 않다. 아이들을 불러 크게 인심을 쓴다.

"얘들아, 마음 놓고 소리를 질러도 좋고 마음대로 뛰어다녀도 좋다."

아이들이 어리둥절해서 되묻는다.

"크-게 소리 질러도 돼요, 쿵-쿵 뛰어도 돼요?"

"그래."

"왜요?"

"여기는 우리 집이니까 괜찮다. 대신 아파트에서는 그러면 안 된다. 알았지?"

"왜요?"

"아파트는 여러 집들이 같이 사니까 조심해야 하는 거야. 알았지?"

"예, 알겠어요."

아이들의 입이 귀에 걸린다.

지금은 아이들도 모두 제 집으로 돌아가고 집에는 다시 늙은이들만 남았다. 어지럽게 널려 있는 장난감들을 치우노라면 한바탕 시끌벅적

하던 아이들 얼굴이 눈앞에서 왔다 갔다 하는 것 같다.

인형이랑 장난감에서 아이들 냄새가 난다. 코를 찌르는 자극적인 향수 냄새가 아닌 소박한 들꽃의 은은한 향기 같은 아주 담백한 아이들 냄새 말이다. 이 익숙하고 사랑스러운 냄새는 코에 인이 박혀 나를 꼼짝 못하게 점령하고 말았다.

신기하게도 아이들이 갖고 놀던 것들을 만질 때면 애들의 보드라운 살갗이 촉감 그대로 느껴지는 것 같다.

2013. 7. 22

세월 탓인가, 타고난 영민함인가?

유수가 세상에 나온 지 16개월이 되었다. 제 언니 같으면 지금쯤 어지간한 말도 제법 지껄이고 노래도 잘 부를 텐데 너무 더디게 터지는 입에 은근히 조바심이 난다. 영리한 제 언니만은 못하나 싶어 혼자 속을 태운다.

그런데 아이의 행동을 가만히 들여다보면, 언니 못지않게 기억력도 비상하고 간혹 재치가 번뜩이는 모습을 보여 주기도 해서 할아비의 마음을 흡족하게 만든다. 아가의 귀여운 언동을 혼자만 보기에 아까워 그때마다 얼른 할미를 부른다. 아이의 천진난만한 모습을 공유하노라면 늙은 얼굴들이 서로 마주보며 환한 꽃물이 번지곤 한다.

큰아이가 하던 대로 책도 펼쳐 보이고, 벽에 붙여 둔 그림들을 손가락으로 짚으며 물어보는데, 영리한 큰아이 때와 별반 다름없이 척척 맞춰 대는 것이 아닌가?

이건 단순히 시간이 쌓여 만들어 낸 변화만은 아니리라. 할아비의 말에 따라 뽀로로도, 코코몽도, 코끼리도, 자동차도, 사과도, 꽃도 어김없이 가리킨다. 그 작고 예쁜 손가락으로 말이다.

머리에서 발끝까지 신체 부위도 다 알아맞힌다. 그림책에 숨은 양말과 생일 케이크도 쉽게 찾아내고는 박수를 친다. 노래가 나오면 음악에 맞춰 각기 다른 동작을 구사할 줄도 안다. 구구단이 소리로 나오는 책을 펼쳐 단추를 누르면서 소리에 맞춰 "2단, 3단"을 따라 한다.

오늘은 할아비를 자꾸 부르더니 손바닥으로 마룻바닥을 두드리면서, "하빠, 앉아." 한다. 얼른 달려갔더니 책을 펼치면서 읽어 달라고 졸라 댄다. 이만하면 할아비는 또 손녀바보가 될 수밖에.

이제는 제법 엄살도 피운다. 머리에 열이 있나 짚어 보면, 금방 "아파, 아파."를 연발하며 얼굴을 찡그린다. 그런데 뭐니 뭐니 해도 아이 몸짓 중에 가장 웃음을 자아내는 것은 다짜고짜 할아비 손을 잡아끌고 제 가고 싶은 데로 향하는 것이다. 이때는 아무리 힘이 센 장정이라도 끌려가지 않을 도리가 없게 만든다. 요즘 같은 여름철에는 주로 냉장고로 끌고 가는데, 냉장고 어디쯤에 무엇이 놓여 있는지 정확히 기억하고 제가 먹고 싶은 걸 기어이 찾아내고야 만다.

또 아이는 아무리 떼를 써도 안 통하는 것이 있다는 사실도 잘 안다. 어른들이 한번 큰 소리로 야단친 건 어찌나 잘 기억하는지 두 번 다시 떼를 쓰지 않는다. 자동차만 타면 껌을 찾던 버릇도 할미가 야단을 치자 단 한 번 만에 고쳐 버렸다.

이럴 때면 그 어린 것이 벌써 눈치를 살피나 싶어 짠한 마음이 든다. 혹시라도 어린이집에서 아이에게 엄하게 다루는 것은 아닌지 노파심마저 드는 것이다.

우리 아가를 이렇게 만든 것이 쌓인 세월이냐, 운명적으로 타고난 영민함이냐?

2013. 7. 31

2013년

슈퍼맨이 되고픈 할아버지

이럴 순 없잖아

104.4센티미터

꽃들아, 물 너무 많이 먹지 마라

휘수 집 유수 집

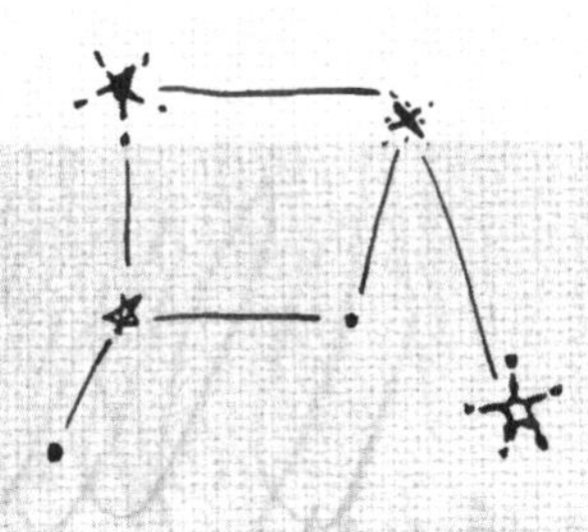

슈퍼맨이 되고픈 할아버지

사람이 살다 보면 별스런 일들이 벌어지게 마련이니 새로운 일에 너무 놀라지 말아야지 하면서도, 간혹 가다 일상의 평온이 깨지는 경우가 생기면 못마땅한 기분을 숨길 수가 없다.

이틀 전 저녁 무렵이다. 우리 집에 모여 다 같이 저녁밥을 먹고 집으로 돌아간 아들 내외가 심하게 다투었던 모양이다.

일이 얼마나 심각했던지 화를 참지 못한 며느리가 잠깐 집을 나간 모양이다. 두 아이를 혼자 데리고 있던 아들놈이 칭얼대는 아이들을 달래기에 지쳐 제 어머니에게 전화를 걸면서 알게 된 사실이었다. 아직도 걸핏하면 부모에게 의존하려는 아들놈의 태도가 한심하기 그지없다.

부모랑 같이 살 때는 그런대로 조심하며 살다가 어른들이 안 보이니 사소한 일에도 날을 세우는가 보다. 매사가 힘겹고 팍팍한 세상이니 짜증날 일도 많겠지만, 아무리 그래도 요즘 젊은 사람들은 참 참을성이 부족해서 걸핏하면 잘 다투고 헤어지는 것도 예사로 여긴다. 주변에도 그런 사람들이 흔하디 흔한 세태여서 씁쓸한 마음을 숨길 수가 없다. 내 자식들에게 그런 극단적인 일이 닥친다는 건 상상도 하기 싫지만, 이해심이 부족한 아이들의 좁은 성정으로 봐선 마음을 놓을 수만도 없다. 저희들 갈등으로 부모나 아이들에게 미칠 파장쯤은 전혀 고려하지 않는 철없는 짓이다.

내게 세상에서 가장 싫어하는 일을 꼽으라면 단연 사람들이 얼굴을 붉히고 목소리 높여 다투는 것이다. 제발 다투지 않고 조용히 살면 안 될까?

어린 시절 술에 취한 어른들이 행패 부리던 장면을 보고 나면 그 잔상이 오래도록 떠나지 않아서 무얼 먹어도 소화가 되지 않고 불안에 떨곤 했는데 그때의 기억이 되살아나는 듯하다.

나는 적성과는 거리가 먼 투박한 직업에 뛰어들어 30여 년을 견디었다. 파출소에서 일하던 초임 시절, 술에 취하거나 잔뜩 흥분한 범죄자들의 뒤치다꺼리에 시달리고 나면, 그 어린 시절 주취자들의 행패에 가슴 떨었던 것처럼 며칠씩 소화불량증에 시달리곤 했다.

질서를 깨뜨린 자들이 도리어 독립투사인양 공권력을 희롱하던 시절이라, 엄정하게 대응하는 것만이 공직자의 당연한 도리라고 생각했다. 이런 나의 소신은 뜻있는 이들의 박수갈채를 받았지만, 비겁

한 공인들로부터는 적당히 눈감아 주지 못하는 고지식한 사람이라는 비웃음을 사기도 했다.

비겁해서 편한 것보다는 떳떳해서 불편한 길을 택한 나의 지난 일을 결코 후회하지 않는다.

어쨌든 내가 꿈꾸는 가정의 평온을 깨는 자는 세상 누구라도 절대로 용납할 수 없다. 그건 피해자가 누구인지 너무도 자명한 일이니까. 세상에서 가장 소중한 내 손자들이 불행해져서는 안 되니까. 내 손자들을 내가 지켜 주지 못한다면 더 이상 세상을 살아갈 이유는 없다.

2013. 8. 5

이럴 순 없잖아

자세히 말은 안 하지만 아들 내외가 다툰 이유는 아마 아이들 양육에 따른 문제가 아니었나 싶다. 자신들의 부부싸움이 마치 부모 탓이라도 되는 양 철없이 구는 태도에 화가 치민다. 아들 내외의 심한 다툼으로 그 불똥이 곧바로 손자들에게 미치고 말았다. 제 분을 못 이긴 아들 녀석은 우리 집에 있던 아이들 가방이며 옷가지들을 챙겨 가면서 내게 일방적인 통보를 한다.

"아버지, 당분간 아이들은 저희가 유치원에 직접 데려다 주겠습니다. 그러니 찾지 말아 주세요."

말도 안 되는 이유로 다투고 말도 안 되게 아이들을 들먹인다. 출근길에 저희들이 직접 데려다주고 퇴근길에도 데려오겠다는 것이다. 그들이 출근하는 아침 7시 이전에 아이들을 깨우면 잠이 모자라 하루 종일 피곤하고 힘들어할 것이다.

저녁 퇴근 무렵까지 부모가 데리러 오기만을 손꼽아 기다리며 그 긴긴 시간 아이들은 얼마나 지루해 할까?

할미 할아비를 찾을 아이들의 마음은 조금도 헤아려 주지 않고 몽니를 부리는 것 같아 괘씸하기 짝이 없다. 또 아이들을 보고 싶어 할 부모들은 안중에도 없는 좁은 소갈머리가 서운하기 그지없다. 저희들이 할아버지 할머니가 되어 보지 않으니 손자 보고 싶어 하는 마음을 조금이라도 헤아려 줄 턱이 없지.

얼마 전 노인들의 외로운 삶을 소개하는 방송을 본 적이 있다. 가장 견디기 힘든 것이 무엇이냐는 질문에,

"눈에 삼삼한 손자들을 자식들이 만나지 못하게 막는 것이다."

라고 울먹이던 노인의 얼굴이 지금 내 모습과 겹쳐진다.

사흘이 넘도록 손자들을 못 봤더니 그놈들 모습이 어른거려 견디기 힘들다. 냉전 중인 아들네 집에 불쑥 찾아가는 것도 썩 내키지 않는 일이다. 행여 아이들에게 화풀이라도 하지 않는지 속이 부글부글 끓기만 한다.

아이들이 걱정돼서 나 혼자 중얼거리면 내자는 매몰차게 내뱉는다.

"부부싸움 한 것이 무슨 자랑이라고 늙은 부모에게까지 화풀이하는 놈들인데 뭘 신경을 써요? 쓸데없이 손자들 걱정하지 마세요. 제 새끼들 저희들이 알아서 하라지요."

말은 저리 해도 지금 할미의 속은 까맣게 타들어가고 있을 게다.

늘 큰아이와 같이 놀던 퍼즐놀이판을 하필이면 지금 꺼내서 혼자 만지고 있을까? 할미도 아이를 보고 싶어 하는 게 틀림없다.

다른 때 같으면 지금쯤 아이들 등원시키느라 한창 바쁠 시간인데 늙은이 둘만 집을 지키고 있으려니 사람이 살지 않는 집처럼 적막하다. 내자나 나나 둘 다 별로 싹싹한 성미도 아닌 터라 아이들이 없으니 웃을 일도 사라지고 말았다. 무거운 마음으로 헬스장에 운동을 하러 나서자 내자가 슬쩍 한마디 건넨다. 말은 저리 멋없이 해도 속이 몹시 상했었나 보다.

“가는 길에 꼭 유치원에 들러 휘수 좀 살펴보세요!”

그렇잖아도 궁금해서 유치원에 가 볼 생각이었다.

다행히 아이는 유치원에서 만날 수 있었다. 장난감을 만지작거리면서 힐끗 쳐다보더니 할아비를 아는 체도 하지 않는다. 살며시 다가가서 말을 걸어 보지만 아이는 무덤덤한 표정이다. 며칠 사이에 얼굴이 핼쑥해졌다. 제 아비에게 야단은 안 맞았는지, 밥은 굶지 않았는지 물어봐도 아무런 대답이 없다. 동무들이 여럿 있는 자리라서 쑥스러워하는 것인지, 며칠간의 냉랭한 집안 분위기 때문에 침울해서 그런 것인지 아이의 어두운 얼굴에 마음이 아파 견딜 수가 없다.

아침에 유치원에서 본 휘수의 수심어린 표정 때문에 하루 종일 울적했다. 어린이집과 유치원이 끝날 시간인 4시가 지나도 5시가 넘어도 아이들은 끝내 우리 집에 돌아오지 않았다. 아들 내외가 이번에는 아주 단단히 마음을 먹었나 보다. 저희들 내외가 불편한 걸 감수하면서까지 아이들을 할머니 할아버지에게서 떼어놓으려는 심산인가 보다. 이런 괘씸한 놈들 같으니!

저녁 무렵 퇴근한 아들이 찾아왔다. 큰손녀 휘수도 같이 왔다. 아이가 할아버지 할머니를 보고 싶어 해서 데려왔단다. 아이 핑계를 대지만 실은 부모 눈치를 살피러 온 게지.

"아가, 아침에는 왜 할아버지한테 아무 말도 안 했어?"

"할아버지, 죄송해요."

평소답지 않게 아이는 짧은 대답을 하더니 입을 닫아 버렸다.

어리광 피우던 며칠 전의 아이가 아니다. 그렇게 말 잘하던 아이가 말수도 확연히 줄었다. 불과 사흘 밖에 안 지났는데 조손간에 이렇게 큰 거리감이 생기는지 가슴이 아파 말문이 막힌다. 내 품에 안겨 한 10여 분 지나자 아이의 아비가 다시 제 집으로 데려가겠다고 한다. 아이는 아무런 떼도 쓰지 않고 말없이 따라나선다.

이렇게 조손간의 정이 점점 멀어지나 싶어 금방이라도 울음이 터질 것만 같다.

철딱서니 없는 것들! 별 것도 아닌 사소한 일로 어린 것들 가슴까지 아프게 하다니! 세상의 아이들이란 늘 웃고, 잘 놀고, 잘 먹을 권리가 있다. 세상의 어른들이란 그걸 뒷받침해 주어야 할 막중한 책임이 있다.

2013. 8. 6

104.4센티미터

거의 매일 보는 얼굴이지만 조손간의 만남은 언제나 애틋함이 묻어난다. 작은 손녀 유수는 할아비를 발견하자마자 대문에서부터

"하빠."

하고 환호성을 지르며 두 팔을 벌리고 달려든다. 아연 집안에 활기가 돌고 소란스러워진다. 무더운 날씨에 한참을 아이 손에 이끌려 냉장고로, 화장실로, 2층으로 돌아다니다 보면 쉬이 지치고 만다. 아이가 잠깐 한눈을 파는 사이에 얼른 안방으로 피신해서 등을 대고 누워 있는데 아이의 작은 그림자가 방문 앞에 어른거린다. 그리고 가만히 다가와서 할아비의 손을 꼭 잡는다.

"하빠."

하고 소리를 낮춘다. 다시 얼굴 가득 웃음을 담고 살며시 방을 나간다. 할아비의 존재를 확인하는 아이만의 특유한 몸짓은 오늘도 여

전하다.

안방에 누워 있어도 식구들 떠드는 소리는 귀에 다 들어온다. 거실에서는 아이들을 나무 기둥에 세워놓고 키를 재느라 소란스럽다.

큰손녀 휘수의 키가 많이 자랐다고 놀라워하는 소리가 가장 크게 들린다. 누군가 104센티미터라고 외친다. 거실의 나무 기둥에는 두 아이들의 키를 나타내는 숫자들로 온통 낙서투성이다. 처음에는 한쪽 기둥에만 썼는데 지금은 두 아이의 키를 따로 표시하려면 양쪽 기둥을 사용해야겠다는 말까지 들린다.

밖은 소란스러운데 나 혼자 안방 침대에 누워 옛일을 더듬고 있다. 거의 반세기가 다 되어 가는 오늘, 손녀의 키를 재면서 기억 저편의 안타까운 추억 하나가 되살아난다. 우연 치고는 너무 딱 들어맞는 104센티미터다. 나의 유일한 남동생이 초등학교에 들어갈 무렵이었으니까 45년도 훌쩍 넘은 시절의 이야기다.

중학생 시절 방학 때 귀향해서 알게 된 사실이었다. 유난히 키가 작았던 동생의 통지표에는 키가 104.4센티미터라고 적혀 있었다. 굳이 0.4센티미터까지 더 적어 넣은 것은, 키 작은 제자를 안쓰러워하는 스승의 속 깊은 배려였을까? 그 후로도 동생은 초등학교 내내 교실의 맨 앞자리를 벗어난 적이 없었다.

그래도 야무진 동생은 공부도 잘하고 씩씩해서 키 큰아이들 틈에서 기죽지 않고 항상 급장 자리를 놓치지 않았다.

3학년 때쯤이던가, 하루는 담임선생이 무슨 일로 자리를 비우면서 급장 책임 하에 자율학습을 하도록 지시했다고 한다. 이날 자율학습 중에 유독 떠들고 말을 안 듣는 아이가 하나 있었단다.

급장인 동생이 제지하면서 한 대 때리자 그 아이는 울면서 집으로 달려갔고, 급기야 그 아이의 어머니가 씩씩거리며 학교로 쫓아왔다고 한다. 그런데 때렸다는 아이가 자신의 아들과는 비교도 안 되는 땅꼬마인 걸 보고 놀란 그 어머니는 하도 어이가 없어 입도 뻥끗하지 못하고 되돌아갔다고 한다. 지금도 이 이야기는 우리 고향에서 전설처럼 전해 오는 유명한 일화다.

어딜 가나 충무공의 발자취를 엿볼 수 있는 우리 고향에는 그분을 존경하고 추모하는 분위기가 내내 존재했다. 그런 고향 사람들처럼 해군 제독을 꿈꾸던 아우는 해군 장교의 기준에 미달하는 키 때문에 그 소중한 꿈을 접어야 했다. 어려운 집안 형편 탓에 중학교를 졸업하자마자 일찌감치 검정고시를 보고 합격했다.

열일곱이면 한창 자랄 나이니까 내년에는 더 크겠지 하는 기대로 해군사관학교 시험에 세 차례나 응시했지만, 안타깝게도 신장은 그대로 멈추고 말았다. 그래서 우리 고향 사람들은,

"아주 유능한 제독 하나를 놓치고 말았다."

고 다들 아쉬워했다. 외적인 기준만으로 인재를 선발하는 방식에 아쉬움이 크다.

이후 단지 키가 작다는 이유만으로 단기사병으로 입영하라는 영장

을 받은 아우는 그 수치심을 견디지 못하고 고민했다.

결국 병역문제도 해결하고 어려운 집안 형편도 덜고자 국립인 교육대학에 진학했고, 아버지의 뒤를 이어 초등학교 교사가 되었다. 가난한 집안에서 병약한 어머니의 막내아들로 자라 잘 먹지도 못한 탓에 그리 된 것 같아 지금도 그때를 생각하면 가슴이 먹먹해져 온다.

아우는 교사생활을 하면서도 꾸준히 학문에 정진해서 오래전에 이미 박사학위를 따냈다. 원하면 관리직으로 진출할 수도 있고 대학 강단에 설 수도 있지만, 순진무구한 어린아이들과 같이 지내고 싶다며 일선교사만을 고집하는 순정파 선생님으로 살아가고 있는 것이다.

사랑스러운 다섯 살 손녀는 어느덧 안타까운 사연이 있던 아우의 여덟 살 때 키만큼 자랐다. 성장통 때문인지 아이가 가끔 다리가 아프다며 울 때마다 키 작은 아우가 생각나서 콧날이 시큰해진다. 지금 내 머릿속은 아우들과 자식들과 손자들이 한데 얽혀, 다 아우가 되기도 하고 모두 자식들이 되기도 하며 때로는 다시 손자가 되는, 뒤섞이는 촌수 속에 빠지곤 한다.

2013. 8. 18

꽃들아, 물 너무 많이 먹지 마라

50여 일 동안이나 지속된 마른장마로 남부지방은 극심한 가뭄과 폭염에 시달렸다. 이제는 여름마다 다른 지방 사람들의 위문대상이 될 만큼 전주(全州)는 무더운 도시의 대명사가 되고 말았다. 오늘에야 오랜 폭염을 식혀주는 시원한 비가 찾아왔다.

그러니까 꼭 1년 전의 일이다. 작년 8월 장대비가 쏟아지던 어느 날 아침, 비 내리는 창밖을 내다보며 시를 읊조리던 휘수의 모습이 여지껏 선명하다.

그래서 비 오는 날이면 아이에게 그 시를 다시 읊어 보라고 주문하곤 하는데, 아이는 한 소절도 빠짐없이 낭랑한 목소리로 멋지게 낭송해서 다시금 내 마음을 흔들어 놓는다.

× 2013. 8 ×

그때보다 한 살을 더 보탠 아이는 작년에 제가 지은 시를 살짝 비틀어 놓는 여유도 부린다. 오늘 아침에도 아이의 입에서는 짤막한 시 한토막이 흘러나온다.

"꽃들아
물 너무 많이 먹지 마라
배터지니까."

손녀바보 할아비는 아이의 글재주(더 엄밀히 말하면 말재주라 해야 옳겠다)에 또 감동을 먹고 만다.

아들이 분가했지만, 휘수의 생활은 여전히 우리 집을 크게 벗어나지 않는다. 제 부모가 사는 아파트를 한사코 마다하니 달리 도리가 없다. 아들 내외도 제 딸이 부모를 귀찮게 하는 것이 미안해서 제 집으로 데려가려고 별별 수를 써 보지만 아이의 고집을 꺾을 수는 없다. 맛있는 걸 사 주겠다고 달래고, 놀이시설에 데려가겠다고 유혹해도 전혀 통하지 않는다. 아파트는 동생인 유수네 집이고, 할머니 할아버지가 사는 이 집이야말로 휘수네 집이라고 강변한다.

"아파트에는 휘수를 지켜주는 흑비가 없어서 무섭고 싫어요."

엉뚱하지만 아이 나름대로의 이유가 있던 것이다.

아이가 할머니 할아버지와 같이 지내는 것이 편하다는데 굳이 싫다는 아파트 살이를 강요해서는 안 되겠다. 다섯 살이면 좋고 싫은 걸 어느 정도 구분할 수 있는 나이일 게다. 비좁은 아파트에서 마음 놓고 뛸 수도 없고, 떠들 수도 없는 것이 갑갑한 노릇일 것이다. 또 언니니까 뭐든지 동생에게 양보하라고 하는 부모의 태도도 못마땅할 테고, 할머니 할아버지는 웬만한 뜻은 다 받아 주니 얼마나 좋아? 또 아빠처럼 큰소리 지르고 야단치는 사람이 없는 할아버지집이 훨씬 좋겠지.

솔직히 할미도 나도 아이가 있으면 심심하지 않아서 좋다. 그 귀여운 몸짓과 기발한 착상과 엉뚱한 입놀림을 바라보는 것만으로도 어지간한 시름은 다 잊게 만든다. 물론 어리광을 피우며 떼를 쓰거나 몸이 아파 속이 상할 때도 있지만, 그런 건 아이의 존재 자체만으로도 다 감내할 수 있다.

훗날 아이가 제 스스로 할아비 곁을 떠나 제 부모를 찾아갈 때까지 데리고 있고 싶다. 정성을 다해 아이의 재능을 지켜보고 꿈을 키워 주고 싶다. 같이 사는 동안 후회 없이 사랑을 듬뿍 쏟아 주고 싶다.

2013. 8. 22

휘수 집 유수 집

오후 4시가 되면 먼저 유수가 어린이집 차를 타고 귀가하고, 이어서 5시에는 유치원 갔던 휘수가 돌아온다. 아이들은 유치원이나 어린이집에서는 그 뜻을 받아 주는 분위기가 아닌 걸 잘 알아서인지 교사들의 지시에 잘 따른다고 한다.

그래서 귀가하면 그동안 참았던 짓을 하느라 그러는지 어리광이 심하다. 어떤 날은 집에 닿자마자 울고 떼를 써서 할아비를 난처하게 만들기도 한다. 무언가 심기를 불편하게 한 일이 있었겠지만, 물어보면 대개는 별 대꾸를 하지 않는다. 아마 그냥 어리광을 피워도 편하게 받아 주는 대상이 있어서일 게다.

작은아이는 집에 오면 옷부터 벗는 게 습관이 되었다. 더운 날씨에 옷을 벗지 못하는 어린이집 생활이 갑갑했겠지. 목욕탕으로 달려가더니 물통 속에 들어가서 빨리 물을 채워달라고 조른다.

한참 물놀이를 하다 심심한지 언니를 찾느라 두리번거린다. 그리고 장난감 전화기를 들더니 언니에게 전화를 건다. 또랑또랑한 목소리로 언니를 부른다.

"언니야! 언니야! 언니야!"

짧은 세 마디에 여러 가지 뜻이 농축되어 있다. 보고 싶은데 왜 빨리 안 오느냐고 독촉하는 소리다. 이렇게 1시간쯤 지나면 언니가 돌아온다. 기다리던 언니가 창밖에 나타나면 비명에 가까운 요란스러운 인사를 건넨다. 언니도 반가워서 볼을 비비고 껴안아 준다. 동생도 언니 못지않게 격렬한 인사로 언니의 볼을 꼬집으며 반가움을 표현한다. 그리고 언니는 어른들 말투를 흉내 내며 동생을 어른다.

"우리 유수, 오늘 어린이집에서 잘 놀았어?"

"유수야, 웃어 봐!"

언니의 말에 따라 동생도 활짝 웃는다.

요즘 아이들은 무얼 통 먹으려 들지 않는다. 우유도 과일도 아예 입에 대지 않으려 해서 걱정이 이만저만이 아니다. 아이들이 잘 먹게 만들 신통한 방법이 떠오르지 않아서 고민스럽다. 가끔 마트에 데려가서 시식이라도 먹이는 게 고작이다. 밥을 잘 먹게 하는 보약이라도 지어먹일까 생각해 보지만, 이 역시 아이에게 적절한 방법인지 몰라 별로 믿음이 안 간다.

아이의 부모가 데리러 올 때까지 두어 시간 동안 아이들과 씨름하노라면 할미도 나도 지치게 마련이다.

오늘은 휘수가 먼저 텔레비전을 보고 있는데 유수가 방해를 하는 바람에 둘이 옥신각신한다. 언니는 동요를 보겠다고 하고 동생은 '뽀로로'를 보겠다고 다툰다. 리모컨을 쥔 유수가 제멋대로 껐다 켰다 하는 바람에 휘수가 울상이 되어 분통을 터뜨린다.

"할아버지, 유수는 쟤네 집으로 가라고 해요!"

"여기랑 아파트랑 다 휘수 유수 집이잖아?"

"아니야, 여기는 휘수 집이고 아파트는 유수 집이야."

이제 휘수에게 동생은 예쁘기는 해도 사사건건 제 몫을 빼앗아가는 껄끄러운 존재인가 보다.

2013. 8. 28

2013년

9월

신가네 두 딸은 지금
할아버지 할머니, 주사 다 맞았어요?
아이고 내 새끼, 참 잘하네!
아파 아파, 안 가 안 가
선풍기 바람에 바람개비 돌리는 아이
업보業報

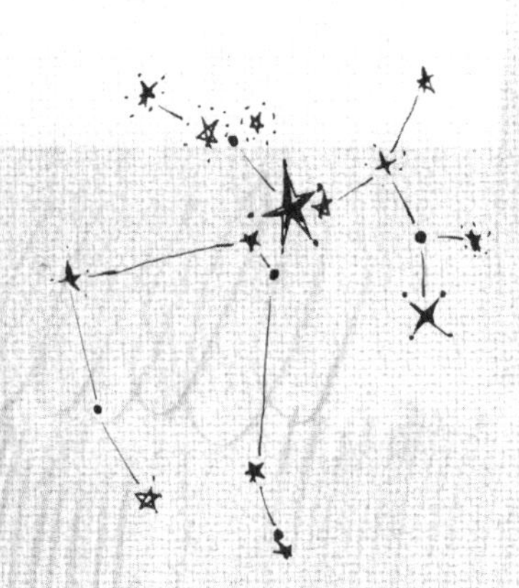

신가네 두 딸은 지금

요새도 휘수는 제 부모가 사는 아파트에 가기를 한사코 거부한 채 할미 할아비와 같이 지낸다. (제 딸이 늙은 부모를 괴롭힌다고) 미안한 아들 내외는 기를 쓰고 아이를 데려가려고 애쓰지만 그들의 기도는 영리하고 단호한 딸의 작전에 막혀 번번이 실패로 끝난다.

어쩌다 어르고 달래서 겨우 아파트로 데려가도 아이는 한 시간도 안 돼 우리 집으로 되돌아오기 일쑤다. 아이가 좋아하는 아이스크림이나 솜사탕으로 유인해 보지만, 먹을 것을 챙기고 나면 또 마음 가는대로 한밤중이라도 할아비에게 데려다 달라고 졸라댄다. 이렇게 밤길을 오가는 헛수고를 할 바엔 아예 아파트로 데려가지 않는 편이 더 낫다.

요새 우리 내외는 잠을 설치는 날이 대부분이다. 아침저녁이면 제

법 쌀쌀해진 날씨에 아이가 감기 들까봐 이불을 덮어 줘야 하고,

식은땀을 흘리면 바로 닦아 줘야 하고, 잠꼬대라도 하면 꼭 안아 줘야 하고, 오줌을 싸면 기저귀를 바로 갈아 줘야 한다. 또 언제 들어왔는지 모를 모기도 쫓아 줘야 한다.

한 번씩 잠이 깰 때마다 다시 잠들기까지는 여간 힘든 게 아니다. 할미 할아비 사이에서 잠든 아이를 들여다보는 늙은이들의 눈에서는 그 모습이 애처롭고 사랑스러워 이내 눈물방울이 고인다.

이제는 작은아이까지 제 언니를 닮아 가는지 아파트로 돌아갈 시간이 되어도 안 가려고 울며 버티는 일이 잦다. 이러다 분가했던 아들네가 다시 집으로 되돌아오게 될지도 모르겠다.

유수는 이제 막 17개월이 지났다. 아직 입이 터지지 않아 말은 몇 마디 못하지만, 말귀는 기가 막히게 잘 알아듣는 것이 어찌나 신통한지 모른다. 어른들이 무심코 나누는 말에도 곧장 반응을 잘해서 깜짝깜짝 놀라게 한다.

"우리 유수 얼굴을 씻겨야겠다."

고 하면 그 말이 떨어지기 무섭게 제가 먼저 화장실로 달려간다. 아이 키가 닿지 않는 높은 세면대에 까치발을 하고 서서 수도꼭지를 빨리 틀어 달라고 조른다.

또 어떤 날은 할미와 내가 아이가 며칠 전에 넘어져서 다친 이야기를 하고 있었는데,

"유수 얼굴에 아직도 멍이 가시지 않아서 걱정이야."

라고 하자 옆에서 놀던 아이가 갑자기 벌떡 일어나더니 약병을 찾기 시작한다. 이내 약병 뚜껑을 열어 달라고 하더니 손으로 약을 찍어 바르는 게 아닌가?

또 제 언니가 모기에 물린 상처 이야기를 하면 언니를 찾아가 정성스레 약을 발라주는 서비스도 잊지 않는다. 보통 건성으로 지나칠 만한 일도 하나도 빠뜨리지 않는 게 그저 대견하다.

어디 그것뿐이랴. 어른들이 전화 통화하는 내용에 따라 그 상대방이 누구인지도 정확히 알아낼 만큼 눈치가 빠른 아이다. 제 어미와 하는 말인지, 아비와 나누는 말인지 미루어 짐작하는 데 도가 텄다. 그 상황에 따라 '엄마', '아빠'를 부르며 바꿔 달라고 졸라 댄다.

언니가 보고 싶으면 전화기에 대고 빨리 오라고 다급한 목소리로 찾고, 제 어미가 퇴근할 시간이 되면 전화기를 들고 열 번이고 스무 번이고 '엄마'를 불러 댄다. 제 아비가 올 시간에 울리는 출입문의 벨소리를 들으면, '아빠'를 외치며 문 앞으로 달려가 배꼽 인사 자세로 서서 기다리다 아비 품에 안기며 눈물겨운 부녀상봉을 한다.

우리 집에서는 유일하게 무서운 것도 거칠 것도 없는 무법자요 막무가내지만, 하는 짓마다 귀엽고 사랑스러워서 보는 이들의 배꼽을 쥐게 한다. 저 작은 머릿속에는 도대체 무슨 꿍꿍이가 들어앉아서 사람들 마음을 이렇게까지 흔들어 놓는가?

2013. 9. 4

할아버지 할머니, 주사 다 맞았어요?

토요일에는 유치원이나 어린이집이 쉬니까 아이들은 할아버지 집에서 지낼 생각으로 잔뜩 기대에 부풀었나 보다. 아이들 둘 다 아파트로 가지 않고 우리 집에서 자겠다고 버틴다. 덩달아 아들 내외도 아이들을 핑계 삼아 우리 집에서 자고 가겠다고 한다. 그 소리에 내자가 나서며 한사코 말린다.

"휘수야, 내일 할아버지 할머니가 병원에 가서 아픈 주사를 맞아야 하니까 오늘은 아파트에 가서 자거라. 내일 병원 갔다 오면 데리러갈 테니 그때까지 기다려야 한다."

하고 달래자, 아이는 주사 맞는다는 말에 겁부터 먹고 이내 시무룩해지고 만다. 내일은 김장용 채소밭을 일궈야 하는데 아이들과 같이 있으면 할미 할아비에게 달라붙어서 아무 일도 할 수가 없다. 못내 서운해 하는 휘수를 달래 내쫓다시피 아파트로 보냈다. 아이는 어떤 말보다도 병원에서 주사를 맞는다 하면 겁을 먹고 따라갈 생각을 아예 접어 버린다. 그래서 아이를 떼어놓아야 할 때면 가끔 요긴하게 써먹는 방법이 되었다.

일요일 아침이다. 서둘러 일을 마쳐야 손자들과 놀아 줄 수 있을 테니 부부는 새벽같이 일어나 밭으로 향한다. 부지런한 농부들은 벌써 며칠 전에 김장용 채소를 다 심어 놓았는데, 나는 올해도 여전히 남 따라 하는 농사꾼 신세를 벗어나지 못하고 게으름을 피운다. 나처럼 농사를 흉내나 내고 사는 사람에게도 1년 중 가장 큰 농사는 뭐니 뭐니 해도 김장용 채소 가꾸기다.

이 산골에 들어와 산 지 올해로 10년째인데 아직도 농사는 서투르기 그지없다. 바둑도 기초가 부실한 사람은 죽을 때까지도 그 수가 늘지 않듯이, 농사도 마찬가지로 뭐가 부족한지조차 잘 알아차리지 못하니까 해마다 실수를 반복하게 되는 것이다.

그래도 나보다는 눈썰미가 좋은 편인 내자의 주도로 나는 충실한 조수 노릇을 하며 밭을 일군다. 올해는 친척의 노는 땅을 100여 평 빌려서 채소를 심기로 했다. 밭은 1년 동안 묵혀 두어서 그런지 잡초가 사람 키보다 더 높이 자랐다. 우선 낫으로 풀을 베어내고 괭이로 깊이 뻗은 풀뿌리를 제거해야 한다. 이 일에만 꼬박 한나절 품을 팔아야 했다.

땅을 갈아엎을 경운기를 동원할 만한 면적도 못되는 터라 일일이 삽과 괭이로 파고 골라야 하니 일도 훨씬 더디고 힘들다.

첨단농법을 동원해야 할 21세기에 경운기나 쟁기도 아닌 가장 원시적인 방법으로 농사를 고집한다. 밭을 갈아 복합비료도 뿌리고, 상토를 섞어 땅심도 높인다.

골을 파고 나니 제법 밭이랑 같은 모습을 드러낸다. 여기에다 배추 모종을 옮겨 심고, 무씨를 뿌린다.

여기서 빼놓을 수 없는 것이 김장용 소를 만들 파와 갓이다. 파는 이미 울안의 텃밭에 심어 두었으니 밭둑에다 갓 씨만 뿌려 주면 된다. 갓은 따로 거름을 주거나 잡초를 매줄 필요도 없이 그저 잡초처럼 잘 자라는 작물이다. 남도의 밭둑에 지천으로 널린 것이 갓인데 갓김치는 남도 사람들의 밥상에 단골로 오르던 반찬이다.

초등학교 시절 마땅한 반찬거리가 없는 어머니는 도시락 반찬으로 갓김치를 자주 싸 주셨다. 그 알싸하고 시큼한 맛이 어린아이의 입에 맞을 리가 없었지만, 가난한 집 장남은 차마 그걸 맛없다고 불평하지도 못했다. 지금은 그때를 추억 삼아 일부러라도 찾는 음식이 되었지만…….

초가을 볕이 따가우니 모종 심은 것이 시들지 않도록 물을 뿌려 주어야 하는데, 밭이 평지보다 조금 높은 곳이라 집에서 이곳까지 지하수를 연결해서 물통에 물을 받아 두어야 한다.

이렇게 어설픈 인부 둘이 동원된 이틀간의 작업이 모두 끝이 났다. 온몸은 땀으로 흠뻑 젖고, 마치 윈도우브러시가 고장 난 자동차 유리창처럼 흐르는 땀방울이 빗물처럼 안경을 가로막는다.

이렇게 고된 노동 덕분에 대충이나마 채소밭 꼴을 갖췄다. 부부는 흐뭇한 눈으로 바라보며 제발 이번 농사가 잘되기를 빌어 본다. 비록 서툰 농사꾼이지만 이 일이 얼마나 정성을 들여야 하는지 잘 알고 있다. 농사는 생명을 키우는 일이라 하지 않던가? 따라서 농사에는 세상사는 지혜와 깊은 철학이 깃들어 있으리라.

이제 우리는 매일 이 산밭을 오르내리며 물을 뿌려 주고, 잡초를 뽑으며 산짐승들로부터 텃밭을 지켜야 할 것이다. 이런 노고가 쌓이면 반드시 풍성한 수확이 기다릴 것이고, 초겨울이 되면 김장을 담가 아들네와 딸네 그리고 장모님께도 나눠 드려 보람과 기쁨을 맛볼 것이다. 이렇게 겨우살이 준비를 하고나면 눈 덮인 산골의 한 해도 저물어 가고, 새봄이 찾아오면 귀여운 손자들도 훌쩍 자랄 것이다.

내년에 배추를 심을 때쯤이면 우리 손자들이 밭둑에 나와 할아버지가 일하는 걸 거들어줄 수 있을까?

부모는 올망졸망한 자식들을 바라보기만 해도 호미질이 한결 가벼워진다는 옛말이 생각난다. 나도 손자들이 재잘거리는 소리를 들으면서 일하게 될 날을 기다려 본다. 아무리 생각해도 나보다 먼저 세상을 살다간 조상들의 말씀은 하나도 그른 것이 없다. 평화로운 미래를 그려 보며 혼자 행복한 상상의 나래를 편다.

초가을 햇살이 기울어 갈 무렵, 일을 마치자 둘 다 녹초가 되었다. 내자가 자리에 누워 좀체 눈을 뜨지 못하고 있던 그때, 정적을 깨는 휴대폰 벨이 울린다. 오늘 같은 휴일에 나를 찾을 사람은 손자들 말고는 아무도 없다.

할아버지 할머니가 보고 싶다고 졸라대는 아이들 성화에 며느리가 영상통화를 걸어준 것이다. 화면에 할아비 얼굴이 비치자, 대뜸 큰놈이 그동안 궁금했던 말부터 쏟아낸다.

"할아버지, 할머니 주사 다 맞았어요?"

"그래 우리 아가, 오늘 잘 놀았어?"

그러자 이번에는 전화기 안에 작은놈이 얼굴을 쏙 내밀더니 요란스러운 인사가 날아온다. 나를 급히 찾을 때면 나오는 예의 그 소리다.

"하빠빠빠."

저녁이 되자, 기어이 큰놈이 우리 집으로 되돌아온다. 아이는 어젯밤부터 이 시간을 얼마나 손꼽아 기다렸을까?

2013. 9. 8

아이고 내 새끼, 참 잘하네!

자매가 한데 어울려 노는 모습은 언제 보아도 흐뭇한 정경이다. 생김새도 하는 짓도 복사판처럼 꼭 닮은 녀석들이 마주보고 웃고 떠드는 걸 바라보고 있자면, 그지없이 평화롭고 정겨워서 절로 웃음이 난다. 저렇게 좋아하는 놈들인데 하나만 있었다면 얼마나 외로울까? 가당치도 않는 가정을 해 보곤 힘껏 고개를 내젓는다.

아이들은 외출했다 돌아오면 서로를 제일 먼저 찾는다.

언니가 노는 곳에는 어김없이 유수가 끼어든다. 언니가 책을 보거나 그림을 그릴 때면 막무가내로 훼방을 놓기도 해서 언니를 난처하게 만들기도 하지만, 대개는 언니가 최대한 인내심을 발휘해 잘 데리고 놀려 애를 쓴다. 언니는 마치 유치원 선생님처럼 동생을 상냥하게 다룬다.

휘수는 그 또래 아이들이 도저히 따라오지 못할 만큼 퍼즐 맞추기에 소질이 있어 보인다. 아마도 출중한 기억력과 창의력의 산물이 아닐까 진단해 본다.

건강검진 항목에 나와 있는 48개월 정도 되는 아이들의 인지능력 기준을 보면, '퍼즐 여섯 조각을 맞추는 것'이라고 되어 있는데, 휘수는 이미 44개월쯤에 여든여덟 조각을 거뜬히 맞추었으니 기준에 비해 월등하게 앞선 셈이다.

형이 재주가 뛰어나면 동생도 상당히 영향을 받기 마련인지라, 언니가 퍼즐 맞추기를 좋아하다 보니 유수도 언니를 따라 제법 흉내를 내는 편이다. 오늘도 언니가 동생을 데리고 자상하게 잘 가르치는 모양인지 자매 사이에 정겨운 대화가 오간다. 휘수가 동생의 엉덩이를 토닥이면서 한껏 부드러운 목소리로 어르는 소리가 들린다.

"유수야, 퍼즐은 이렇게 가장자리에서부터 맞춰야 하는 거야. 알았지?"

언니의 말에 따라 동생이 퍼즐을 맞추는가 보다.

"그래그래. 아이고 내 새끼, 참 잘하네!"

언니의 칭찬에 신이 나는지 동생도 언니를 쳐다보며 환하게 웃는다.

이 말은 손자들이 귀여워서 어쩔 줄 몰라 하는 제 할미가 아이들에게 자주 써먹는 감탄사다. 어느 틈에 이걸 기억해 냈는지 아이는 이런 할미 말투를 흉내 내며 동생에게 그대로 풀어먹고 있다.

할미가 그런 말을 입에 올릴 때마다 정겨움이 잔뜩 배인 애틋한 마음이 들여다보여서 참 듣기 좋았다. 다섯 살 소녀는 이미 이런 할미의 마음을 고마워할 줄도 알고, 또 이런 마음을 사랑하는 동생에게 전해줄 줄도 안다. 그래, 내 새끼 참 많이 컸구나!

2013. 9. 14

아파 아파, 안 가 안 가

저녁 무렵 며느리가 전화를 걸어온다. 조금은 들뜬 목소리다. 지금은 아들도 퇴근하기 전인데 혹시 작은아이에게 무슨 급한 일이라도 생겼나 싶어 대답을 듣는 그 짧은 순간 잠시 걱정을 했는데, 금방 그 궁금증이 풀렸다.

며느리는 내가 육아일기 쓰는 걸 잘 알기에 가끔 내가 모르는 손자들의 특이한 동정을 귀띔해 주기도 한다. 한마디로 육아일기의 충실한 모니터 요원으로서 자료를 제공해 주는 셈이다.

전날 아이들의 건강검진을 했는데 오늘은 그 결과를 알아보려고 병원을 방문했단다. 우리 집에 있는 큰아이는 놔두고 작은아이만 데리고 병원에 갔는데, 병원 건물 입구에 들어서자마자 아이가 갑자기 제 팔을 가리키면서 울상이 되더니 마구 소리를 지르더란다.

"아파 아파, 안 가 안 가."

아이는 지금 병원에 간다는 사실을 알아차렸고, 어제 예방주사 맞은 것을 기억해 낸 것이다. 오늘도 어제처럼 주사 맞으러 가는 것으로 알고 지레 겁을 먹었나 보다. 병원에 도착해서도 계속 같은 말을 되풀이하면서 떠드는 바람에, 의사와 간호사들이 한바탕 웃으며 즐거워했다는 이야기였다.

유수는 어찌나 눈치가 빠른지 아이 앞에서는 입을 조심해야겠다고 다짐할 정도다. 언니가 아프다고 울면 누가 시키지 않아도 얼른 약을 찾으러 달려가고 개밥을 주어야겠다고 하면 제가 먼저 달려가 제 손으로 주겠다고 한다. 또 모기를 잡아야겠다는 말을 들으면 파리채를 찾아 들고 나오는가 하면, 날씨가 덥다는 말에 입던 옷을 홀랑 벗어던지고 화장실로 달려가 물통에 빨리 물을 담아 달라고 조른다.

우유를 먹는다 하면 얼른 냉장고 앞으로 달려가서 빨대부터 달라고 독촉하기도 한다. 말귀는 다 알아듣는데 말을 못하니 아이 속이 얼마나 답답할까?

또 텔레비전의 화면만 보고도 무슨 프로그램인지 알고 율동도 맞추고 노래도 곧잘 따라 부른다. 지금 아이가 좋아하는 프로그램은 '방귀대장 뿡뿡이', '뽀로로', '코코몽'과 '파파룰라' 등이다. 이런 프로그램이 나오면 그 주제음악을 따라 흥얼거린다. 그리고 태권체조도 즐겨 따라 하는 동작이다. 그러다 아이가 좋아하지 않는 프로그램이 나오면 아예 텔레비전을 꺼 버리기 일쑤다.

아직은 언니와 취향이 달라서 채널 선택권을 가지고 자주 다투기도 하는데, 작은아이가 떼를 쓰면 대개는 마음 착한 언니가 손을 들고 만다.

2013. 9. 17

선풍기 바람에 바람개비 돌리는 아이

아침에 어미가 출근하면 그때부터 아이를 인계받은 우리 부부는 아이들의 등원 준비로 하루 중에 가장 부산한 시간을 맞이한다. 대소변 뉘고, 세수 시키고, 밥 먹이고, 옷 갈아입히는 일이 어디 말처럼 쉽던가? 아이들은 대개 최대한 미적거리고 애를 먹이며 버티다 겨우 못 이기는 척 따라준다.

나도 이제는 워낙 아이들 돌보는 데에 이력이 생겨서 어지간한 일은 능숙하게 대처하는 편이지만 아직도 한 가지 서투른 게 있다. 손녀들 머리 묶어 주는 건 아무래도 자신이 없다. 몇 차례 시도는 해 보았지만 그 방면으로는 영 소질이 없다는 것만 다시 확인했을 뿐이다. 그래서 내자가 집을 비울 때면 그것이 가장 걱정스러운 일이 되었다.

여성스러운 큰아이는 이제 제법 멋을 부리는 시기가 되어서인지 머리를 묶는 것에도 주문이 꽤 까다로운 편이다.

머리핀은 날마다 다른 색깔로 바꿔 달라고 하는가 하면, 또 머리 스타일도 삐삐머리로 해달라거나 혹은 세 갈래 등으로 해달라고 구체적인 요구사항을 드러낸다.

그래서 내자와 나는 아이들 머리 손질하는 데 상당한 시간을 할애한다. 내자는 머리 모양이 그 사람의 인상을 좌우한다고 믿는 사람 중에 하나인데 가끔 손녀들을 예쁘게 꾸며야 한다며 머리 가꾸는 데 너무 정성을 들이다가 버스 타는 시간을 놓쳐 버려서 낭패를 본 적도 있다.

작은놈은 언니가 하는 것이라면 뭐든지 따라 하려든다. 언니가 머리 손질을 할 때면 언니 옆에 찰싹 달라붙어 저도 머리를 묶어 달라고 졸라대는 것이다. 그러다가 제 뜻대로 안 되면 애써 묶은 언니 머리를 풀어 버리는 심술을 부려 할미와 언니를 난처하게 만들기도 한다.

유수는 두어 달 전만 해도 아직 머리털이 덜 자라 남자아이로 착각하는 사람들이 많았는데, 이젠 제법 머리숱이 많아져서 여자아이 태가 난다. 또 여자애들은 머리를 묶어야 예쁘다는 사실도 알아차린 것 같다. 언니 머리를 손질한 다음에 해 주겠다고 달래자, 아이는 마지못해 물러난다.

이때 갑자기 생각나는 게 있었는지 장난감통으로 다가가더니 언니가 즐겨 갖고 노는 바람개비를 찾아든다. 그러더니 벽걸이 선풍기 쪽을 바라보며 바람개비를 갖다 댄다. 아이들 손이 닿는 앉은뱅이 선풍기 대신 벽걸이선풍기를 단 것은 아이들의 안전을 고려해 마련한 궁여지책이었다.

아무리 기다려도 바람개비가 돌아가지 않자, 아이는 선풍기의 리모컨을 찾아 전원스위치를 누른다. 선풍기가 돌아가고 거기에 바람개비를 대니까 잘 돌아간다.

지난여름 내내 선풍기 리모컨은 단 한 번도 아이 손에 맡긴 적이 없었다. 그런데 아이는 어떻게 리모컨으로 선풍기 켤 생각을 했을까? 그리고 어떻게 선풍기 바람으로 바람개비 돌릴 생각을 했을까?

순전히 18개월짜리 아이 혼자 힘으로 선풍기 바람을 이용해 바람개비를 돌렸다는 사실이 쉽사리 믿기 어려울 테지만, 우리 부부와 제 언니의 눈앞에서 정말로 벌어진 일이니 어쩌겠는가.

아이는 지금 자신이 이루어낸 성과에 의기양양한 듯 흡족한 웃음을 머금고 있다. 내자와 나는 이 일련의 장면들을 하나도 빠뜨리지 않고 목격했다.

우리 아가 참 많이 컸구나!

몸도 생각도 올곧게 잘 자라고 있다는 확실한 증거다. 비록 어미 사랑에 늘 배고파서 짠하게 보이는 아이지만, 이렇게 잘 커 가는 모습을 확인하니 할아비는 또 콧날이 시큰하고 눈시울이 뜨거워진다.

2013. 9. 23

업보業報

사람이 살다 보면 전혀 예기치 않은 일들도 겪게 마련이지만, 오늘 당한 봉변은 정말이지 어처구니가 없다.

이야기는 한창 무더위가 기승을 부리던 지난 7월 말경으로 거슬러 올라간다. 어느 방송사 프로듀서라는 사람에게서 전화 한 통이 걸려 왔다. 서점에서 책을 고르다가 내가 쓴 책을 보고 감명을 받았는데, 자신이 맡은 프로그램의 소재로 삼고 싶다는 얘기였다. 내 책을 보고 공감해 주는 독자가 늘었다니 반갑고 고마운 마음이었다.

사실 그 전에도 다른 방송사를 통해 이미 내 이야기가 한 번씩 소개되었던 터라 특별히 이 방송사의 취재요청만 거절할 수도 없고, 또 서울에서 우리 집까지 그 먼 길을 찾아오겠다는데 성의가 고마워서라도 제의에 응할 수밖에 없었다.

며칠 뒤 일곱 명이나 되는 일단의 취재팀이 우리 집에 당도했다. 나는 그저 가벼운 마음으로 취재에 응했을 뿐인데 알고 보니 그리 만만치 않은 작업이었던 것이다.

한 시간 분량의 제법 비중 있는 다큐멘터리 프로그램으로, 이른 아침에 출근하는 아들 부부의 모습부터 손녀들을 유치원에 보내고 데려와 함께 지내는 일상적인 장면까지…… 한마디로 우리 가족들의 단란한 생활상을 꼬박 이틀 동안 인터뷰하고 촬영해야 하는 그리 간단치 않은 과정이었던 것이다.

자녀 양육으로 인한 가족 간 갈등이 많은 이 시대에 아주 모범적인 사례로 나를 소개하고 싶다는 담당프로듀서의 취지는 퍽이나 마음에 들었다. 더구나 그 프로듀서는 몇 달 뒤 출산을 앞둔 임산부여서 더 친근한 마음으로 다가왔다. 그래서 온갖 불편을 감수하고 흔쾌히 취재에 협력하기로 했던 것이다.

촬영을 위해서는 소음이 있어서는 안 된다고 하기에, 이 무더위에 에어컨이나 선풍기도 틀 수 없는 방 안에서 열기를 뿜어내는 조명을 받으며 땀을 뻘뻘 흘린 채 촬영을 해야 했다. 거기에다 촬영팀이 요구하는 대로 몇 차례씩 어설픈 연기까지 덤이었다.

철모르는 어린아이들까지 여섯 가족 모두가 모여 낯설고 어색한 조명을 받아 가며 취재에 응했다. 여러 사람이 지켜보는 가운데 음식을 먹어야 한다면 얼마나 어색하고 불편하겠는가? 취재진은 그런 장면까지도 요구했는데, 그 때문에 이틀 동안의 우리 집 생활 리듬은 엉망이 되고 말았다.

무더운 여름날 일곱 명이나 되는 서울 손님이 찾아와 우리 집의 사생활을 훤히 들여다보고, 또 이를 전국 시청자들에게 알린다니 얼마나 부담스러웠겠나?

그런데다 방송사 차량이 뻔질나게 드나들고 취재진이 이틀간이나 상주하며 지내다 보니 금방 동네에도 소문이 퍼지고 말았다. 언제 방영되느냐며 마치 자신들의 일처럼 좋아하며 관심을 보내온다.

전에 세 개의 방송사에서 보도되었던 때는 미처 사람들에게 알리지도 못한 탓에 나중에 그 사실을 안 지인들이 몹시 서운해 했었다. 그래서 이번에는 되도록 많은 사람들에게 전파하기로 한 것이 다. 본인을 알린다는 것이 무척 낯 뜨거운 일이긴 하지만, 언제 또 이런 일이 있으랴 싶어 부끄러움을 무릅쓰고 지인들에게 문자메시지를 띄웠다. 10월 초에 틀림없이 방영한다는 담당프로듀서의 말을 재차 확인하기까지 했다. 어떤 지인은 그 말을 듣고 10월은 독서의 달이니까 책도 많이 팔릴 수 있겠다고 제일처럼 좋아 했다.

그런데 오늘, 평소 나의 행보를 애정 어린 눈으로 지켜봐 주던 그 수많은 사람들에게 나는 참 실없는 사람이 되고 말았다. 방송사에서 연락이 와서 이제야 방송일자가 잡혔나 보다 하고 전화를 받았더니 청천벽력 같은 소리가 날아드는 게 아닌가.

"지난여름 취재한 내용은 당초의 방송취지와 맞지 않은 내용이라서 방송을 하지 않기로 결정했으니 그리 알라."는 요지로 지극히 건조하고 성의 없는 통보였다. 그것도 약속을 어기는 말이라서 다들 연락하길 꺼렸는지 제작팀의 말단 직원을 시켜서 말이다.

그런데 방송을 취소한 사유가 아무래도 수상쩍었다. 방송사는, "자녀 양육으로 갈등을 겪고 있는 사례를 모아 방송하고 싶은데, 선생님의 경우는 그 반대라서 방송사의 취지에 맞지 않습니다." 하는 것이다. 당초에 나에게 설명했던 프로듀서의 말과는 정반대로 돌아선 것이다. 그야말로 이유 같지 않은 이유를 대고 있다. 소위 방송사 편의주의의 극치를 보는 것 같아 찜찜한 마음을 금할 길이 없다.

아니, 곰곰이 생각해보니 애초부터 가족 간에 갈등하는 모습을 포착해서 찍으려는 의도가 아니었나 의심스럽기까지 하다. 가족들을 개개인으로 분리해서 인터뷰했던 거 하며, 질문 중에 가족끼리 있었던 갈등상황을 반복해서 묻는 등 당시도 수상하다 여긴 기억들이 스멀스멀 되살아난다.

되도록이면 사회의 긍정적인 측면을 많이 발굴해서 알리는 것이 언론의 본분일진데, 이 방송사는 오히려 부정적인 면을 부각하고 시청자의 말초신경을 건드려 이목을 끌려고 했으니 도저히 납득할 수 없는 처사인 것이다.

황혼육아는 노후의 삶의 질을 떨어뜨리는 중요한 요인으로 작용한다. 아이 돌보기란 젊은이들에게도 만만찮은 중노동인데, 체력이 따라 주지 않는 노년에는 엄청난 스트레스가 될 게 자명하다. 보육인프라가 현저히 부족한 현실 속에서 황혼육아는 거스를 수 없는 보편적인 사회현상이 되고 있고 이를 보완할 현실적인 대안이 꼭 필요하다. 만약 이것이 불가피한 현상이라면 황혼육아도 노후의 보람으로 여길 수 있도록 전사회적(全社會的)인 배려와 관심이 필요한 시점이다.

따라서 이러한 문제점을 제시하고 시청자로 하여금 대안을 스스로 모색하도록 하는 것이 언론이 지켜야 할 수위(水位)일 것이다. 마치 언론은 엄격한 교사이고 시청자는 양순한 학생이 되라고 강요하는 것은 지극히 거만한 태도라고 본다.

참으로 가증스럽다. 이건 단순히 시청자들의 인기에만 영합해서 자극적인 소재 찾기에만 연연하는 게 아닌가? 한마디로 방송사에 우롱당하고 말았다. 한여름에 무언가에 단단히 홀린 것만 같다.

사과방송과 응분의 피해구제를 요구하자, 담당프로듀서는 모든 게 자기 책임이라고 잘못을 인정하면서도 사과방송은 할 수 없다고 잡아뗀다. 마치 과거사를 반성하지 않는 이웃 나라의 못된 행태와 닮았다. 이건 방송사가 출연자를 속이고도 임기응변으로 모면하려는 전형적인 행태다. 책임 있는 자는 뒤에 숨고 말단 직원을 앞세워 꼬리를 자르려는 비열한 관행의 대표적 사례다.

사람이 살면서 가장 세상이 싫어질 때는 믿었던 사람에게 배신을 당해 자존심이 상처를 받을 때다. 이런 때 초연할 수 있다면 그건 이미 성인군자의 경지에 이르렀다고 말할 수 있을 것이다. 지금 우리

가족 누구라도 그 분노와 참담함에서 자유롭지 못하다.

무엇보다도 이번 일이 내 가족들, 특히 귀여운 손자들에게까지 괴롭게 만든 꼴이라 더욱 괘씸하다.

손자들 이야기를 책으로 내놓는 바람에 세상에 알려졌고, 좋든 싫든 그 때문에 사람들의 입에 오르내리게 되었으며, 결국 이런 시빗거리에까지 휘말려드는 꼴이 되었으니 모든 게 못난 할아비의 자업자득이지 않은가!

2013. 9. 29

2013년

일곱 살 같은 다섯 살

의미 있는 차이

할머니가 불쌍해

우울한 생일

10월은 딸들의 계절

생각주머니

홍시紅枾

버스 타고 갈래요

갈 데가 없어서 거길 가냐?

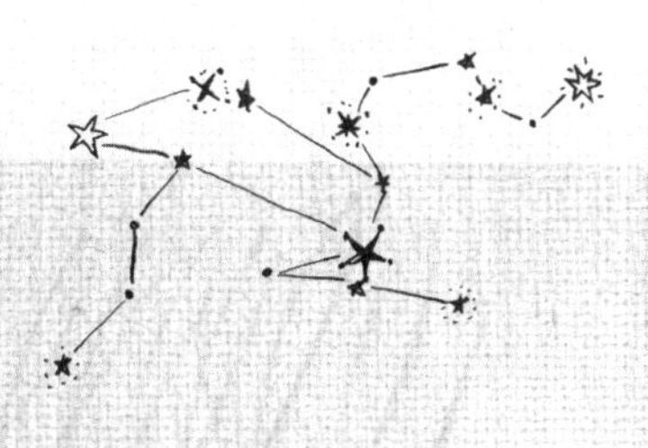

일곱 살 같은 다섯 살

아이들은 이빨이 빠질 무렵이면 말을 잘 안 듣는다는데, 지금 내 손자들을 두고 하는 말인 것 같다. 딸은 지금 둘째 아이를 가져서 다음 달 출산을 앞두고 한창 힘들어하는데, 외손자 겸이는 제 어미가 하는 말마다 꼬박꼬박 토 달기를 좋아하고 골탕을 먹이기 일쑤라서 걱정이라며 내게 하소연한다.

할미는 아이에게 무엇이든 많이 먹이고 싶어 하는데, 휘수는 밥을 먹을 때마다 해찰을 부려서 애를 태운다. 또 텔레비전에 푹 빠져서 누가 물어도 들은 체도 하지 않고 어른들을 힘들게 한다. 이제는 할미의 야단에도 아랑곳하지 않고 제 고집만 피운다. 하도 애가 탄 할미가,

"그렇게 말 안 들으면 아파트로 보내 버린다."

하고 씩씩거려도 할미의 엄포는 이미 겪어본 바 전혀 신경 쓸 필요

도 없다는 사실을 알고 있는 것이다.

공교롭게도 두 아이들은 지금 앞니가 두 개씩 빠져서 영락없이 말썽 피우는 개구쟁이 모습을 하고 있다. 그런데 이 둘이 만나면 얼마나 죽이 잘 맞는지 내내 웃음이 떠나지 않는다. 뭐든지 빨라지는 세월 탓인지 아이들은 미운 일곱 살을 지금 앞당겨 치르고 있는지도 모르겠다. 하기야 요즘은 "미운 네 살, 미친 일곱 살"이라는 말까지도 생겨났다는데. 그래도 내 눈에는 결코 미워할 수 없는 귀엽고 사랑스럽기만 한 놈들이다.

작년에 휘수가 네 살 때 어느 날 내게 물었다.

"하빠는 몇 살이야?"

"응, 하빠는 열 살이지."

"그럼, 할매는 몇 살이야?"

"아홉 살이지."

당시에는 수 개념이 확실하지 않은 네 살 아이에게 너무 많은 수를 말하면 알아듣기 힘들까 봐 얼결에 그렇게 대답했었다. 아홉이나 열 살 정도면 아주 많은 나이로 생각할 것 같아서였다. 그런데 아이가 오늘 또 똑같은 걸 묻기에 이제는 제대로 일러주어야 할 것 같아 대답한다.

"할아버지는 몇 살이야?"

"응, 할아버지는 예순 세 살이야."

"휘수가 네 살 때는 열 살이라고 했잖아?"

"응, 지금은 예순세 살이야. 너 63 알지?"

"그럼 할매는?"

"응, 쉰아홉 살이지. 59 말이야."

"아, 그렇구나!"

휘수는 지금 구구단을 6단까지 왼다. 아직 수 개념이 분명하지 않아 그저 기억력 덕으로 지껄이는 것에 불과하지만.

그림 그리기에도 제법 소질이 있어 보인다. 사물의 형상을 표현하거나 색깔을 구분하는 능력이 제법이다. 이 할애비의 눈엔 책을 펴들거나 연필을 잡는 것을 귀찮아하지 않고 습관적으로 찾는 것만으로도 상당히 희망적으로 보인다.

그리고 유치원에서 배운 것은 꼭 복습을 한다. 저녁상을 물린 뒤에는 할미와 할아비를 방청객 삼아 학예발표회를 갖는다. 선생님이 했던 것을 빠짐없이 기억해 내서 말투까지 흉내 내는 걸 보면 얼마나 깜찍한지 모른다. 30년을 거슬러 딸의 모습을 다시 보는 느낌이라서 감회가 새롭다.

2013. 10. 5

의미 있는 차이

언니보다 말이 조금 늦은 편이기는 하지만, 세월은 유수의 입도 열어 주었다. 말귀야 이미 오래전부터 잘 알아들었지만 이제 본격적으로 말문이 트이기 시작했다. 말을 시켜 보면 어지간한 말은 거의 정확한 발음으로 다 따라 한다.

아이는 이 달 들어 부쩍 말도 늘었고, 눈에 띄게 인지능력이 향상되었다. 누르면 노래가 나오는 동요 책을 확실히 구분할 줄 안다. '어린 송아지', '작은 별', '나비야', '동물 흉내', '생일 축하합니다', '꿀밤나무 아래서'와 같은 동요를 그림에 맞춰 펴 놓고 율동까지 해가며 노래를 따라 부른다. 이제부터는 하루가 다르게 새로운 말과 몸짓을 보여 주리라 기대해도 좋을 것 같다.

또 여자아이 치고는 장난기가 많은 편이다. 아이는 어린이집에서도 저보다 늦게 들어온 아이들에게 텃세를 부릴 만큼 야무지단다.

또 어린이집의 언니나 오빠들에게 조금도 주눅 들지 않고 씩씩하다고 소문난 아이이다. 언니 오빠들이 무서워서 엄두도 못내는 트램펄린(Trampoline)이나 높은 미끄럼틀에도 혼자서 잘만 올라가는 겁이 없는 말괄량이이기도 하다.

그런가 하면 집에서는 잠시도 할아비와 떨어지지 않으려고 하는 찰거머리다. 제 언니와 노느라 한눈을 파는 사이에 잠깐 안방으로 피신하면 어느 틈에 알아차리고 쫓아온다. 나를 발견하면 만면에 웃음을 띠고는 좋아서 소리를 내지른다.

"하빠 찾았다!"

그리고는 가만히 내 팔베개를 하고 눕는다. 누가 찾는 소리라도 들리면 얼른 할아비 품으로 안기며,

"유수 없다."

라고 한다. 그렇게 우리 집에서 놀다가 아파트로 돌아갈 시간이 되어 제 어미가 가자고 재촉하면 재빨리 할미 품으로 숨으며,

"안 가!"

하고 앙칼지게 대꾸한다. 아이가 하는 짓이 하도 귀여워서 할미가 놀리느라고,

"유수야, 할머니랑 여기서 잘까?" 하고 물으면,

"네." 하며 다시 할미 품으로 쏙 안긴다.

유수는 얼굴에는 늘 장난기가 그득하고 말도 제법 가려서 할 만큼

재치가 번뜩이는 아이다. 할미를 부를 때 보통은 '한미(할머니)'라고 하지만, 장난기가 발동하면 '한매(할매)'라고 부르며 달려가 할미의 치맛자락을 잡아당긴다. 아이 나름의 친밀감과 애교가 섞인 호칭이라 생각된다.

이제 겨우 18개월짜리 아이가 어떻게 이런 말장난까지 할 생각을 하는지 원! '할머니와 할매'라는 말에서 미묘한 뉘앙스의 차이가 느껴진다.

요즘 남북정상회담 대화록의 초본과 수정본과 관련해 '의미 있는 차이'라는 말이 세간의 화제가 되고 있는데, 생각할수록 아이의 표현이 절묘하고 놀랍다.

2013. 10. 6

할머니가 불쌍해

지난봄에 가출한 할매 대신 아이 둘을 혼자 돌보다 작은아이가 입을 크게 다친 바람에 한바탕 소동이 있었다. 그 사건의 여파로 한동안 잠잠하던 그 사람의 조개 캐기 병이 또다시 도졌나 보다. 그 때의 후유증으로 아이는 위 아랫니가 서로 맞지 않는 부정교합이라는 진단을 받았다. 또 뭘 잘 씹지 못하고 그래서인지 밥도 물에 말아 후루룩 먹는 버릇이 생겼다.

아이의 입을 볼 때마다 속이 상해서 내자를 많이 원망했다. 때로는 내자가 들으라고 일부러 아이가 다친 이야기를 들먹이기도 했다. 앞으로 수술을 하거나 교정을 제대로 하지 않으면 살아가면서 큰 고생을 겪는다 하니 걱정이 이만저만이 아니다.

하지만 내자는 그때의 잘못을 뉘우치느라 바다 나들이를 자제한 것이 아니었다.

단지 여름철에는 조개류가 상하기 쉬워 조개잡이를 잠시 미룬 것뿐이다. 찬바람이 돌자 어김없이 그 병이 도져서 또 2박3일간 일정으로 바닷가로 달려갔다. 감기가 떨어지지 않아 콜록거리면서도 기어이 강행하는 모습이란.

이번에는 친정 고모, 이모, 언니까지 대여섯이 단체로 나들이에 동행했단다. 손자들과 같이 지내는 게 숨이 막힌다니 그런 철없는 심사까지 탓할 가치는 없을 게다. 내자가 없으면 나 혼자 아이 둘을 건사해야 한다는 건 주지의 사실이기에 한통속으로 동행한 이들의 무심함에 분통이 터지는 것이리라.

오늘도 큰아이는 제 부모가 사는 아파트로 따라가지 않고 할아비하고만 같이 지내겠다고 한다. 아버지 혼자 아이 뒤치다꺼리에 시달릴 것이 민망하고 걱정스러운지, 아들은 여러 차례나 안부전화를 한다. 아이의 아비가 선물 공세 끝에 겨우 아파트로 데려갔는데, 밤이 되자 또 기어이 나를 찾아오고 만 것이다.

아이는 할아비 품으로 달려들며 온갖 아양을 떨다가 어리광을 피우더니 자꾸만 없는 할미를 찾는다.

"할머니는 어디에 갔어요?"

"응, 할머니는 주사 맞으러 갔단다."

할미 할아비를 찾을 때마다 아이를 달래느라 자주 써먹는 주사 이야기로 일단 입막음을 해 보지만,

"왜요?"

"몸이 많이 아파서 아픈 주사 맞으러 갔지."

"할머니는 많이 아프겠다. 그러면 언제 와요?"

"두 밤 자고 오실 거야."

이때 갑자기 아이의 표정이 어두워진다.

"할아버지, 할머니한테 전화 좀 걸어주세요."

매일 밤 이 시간이면 쉴 새 없이 쏟아지는 손녀의 질문세례에 맞장구를 쳐주던 할미 생각이 간절하겠지.

결국 아이의 성화를 못 이겨 전화를 연결해 주었다. 노는 데 정신 팔린 할미라도 일말의 미안함은 남았는지 한껏 부드러운 말로 아이를 달래는 소리가 전화기 너머로 들려온다.

아이를 일찍 재우려고 전깃불도 꺼 버리고 잠자리를 만들어 주었다. 옛날이야기 몇 토막을 들려주며 내 팔 베게에 누운 아이의 재잘거림을 들어 준다. 한참을 잘 떠들더니 난데없이 통곡을 한다.

"아가, 왜 그래? 어디 아파?"

"할머니가 불쌍해."

"아, 아픈 주사 맞는 할머니가 불쌍하다고?"

"예, 두 밤이나 자면서 주사를 맞잖아요?"

"그래, 우리 휘수가 할머니를 걱정하는구나!"

한손에는 강아지 인형을 꼭 안고, 다른 한손엔 할아비 손을 꼭 잡은 채 울다 잠든 아이를 한참이나 들여다본다. 이것 참, 현대판 효녀가 나왔네 그려! 이런 착한 손녀를 감쪽같이 속이고 놀러나 돌아다니는 할매는 도대체 얼마나 강심장일까?

2013. 10. 8

우울한 생일

오늘은 567돌 한글날이다. 한글은 세상에서 가장 과학적이고 가장 실용적인 글로 정평이 나 있다. 또 사물의 형태나 소리를 가장 잘 표현할 수 있는 글이라는 것이 세계 언어학자들의 한결같은 평가다. 그래서 가장 문학적인 글이기도 하다. 이런 우리 모국어에 한없는 자부심을 갖는다.

지난밤 일찍 재워서 그런지 휘수가 다른 날보다 일찍 일어나 밝게 웃으며 큰소리로 외친다.

"오늘은 내 생일이다!"

"그래, 우리 휘수 네 번째 생일이구나!

사람들, 우리 휘수 생일이에요. 다들 축하해 주세요.

우리 휘수 생일에는 태극기를 달아요."

이럴 때는 맞장구라도 쳐줘야 흥이 나겠지? 경건한 마음으로 태극기를 단다.

그런데 이 좋은 날 이 집에는 휘수와 나 단 둘밖에 없다. 바닷가로 나간 할미는 아직 안 돌아왔고, 아들은 회사에 출근했고, 며느리도 학교에 나갔다. 분명히 달력에는 붉은 색으로 표시된 공휴일이지만 이걸 지키는 직장은 별로 없나 보다.

내게도 안 맡기는 걸 보면 두 살배기 유수는 누가 돌보는가? 혹시 어미가 학교에라도 데리고 갔나? 어제 보니 감기가 심하던데…….

휘수는 아침밥도 거의 손대지 않고 엉뚱한 데에만 정신이 팔려 있다. 애니메이션 프로그램을 한참 들여다보더니 그것도 시들한지 이번에는 물감을 찾아와서 그림을 그린다. 물감 그림은 훼방꾼 동생이 있으면 꿈도 꿀 수 없는 일이다.

아무래도 아이가 배고파 할까 봐 밥 먹기를 권해 보지만 전혀 생각이 없다고 하니 걱정이다. 궁리 끝에 음식점에 가서 먹자고 떠보자 역시 좋아한다. 아마도 아이는 밥보다는 바깥나들이에 더 관심이 큰 것이겠지.

아이는 할아비와 둘이 나들이하는 걸 참 좋아한다. 차타고 휙 지나가는 것보다는 손잡고 걸으면서 도란도란 이야기하는 것이 더 좋은가 보다. 신이 나서 집을 나서는 길에 흑비에게, '집 잘 지키라'고 당부하는 것도 잊지 않는다.

대문을 나서자마자 곧바로 다리가 아프다며 꾀를 부린다. 업어달라는 걸 늘 이렇게 말하는 버릇이 있다. 아이는 아주 어릴 때부터 할아비 등에 업히기를 좋아했다. 그 때의 안온하던 추억을 어렴풋이 떠올리는 건지도 모른다.

저녁 무렵이 다 돼가도 다른 식구들은 귀가하지 않고 아이는 조바심에 몇 차례나 같은 말을 되풀이한다.

"왜 밤이 빨리 안 오지?"

일 나갔던 제 부모가 돌아오는 밤이 되어야 생일케이크를 놓고 생일축하 파티를 할 수 있다는 걸 알고 아이는 그걸 기다리는 것이다. 일 년 동안 손꼽아온 생일이니 기다리는 마음이 오죽할까 싶어 안쓰럽다.

날이 어둑어둑해지자 조개잡이 갔던 할미가 돌아오고 아이의 부모들도 케이크를 사들고 나타난다. 아이를 위해서는 모든 걸 참고 웃어줘야 하는데 도저히 표정관리를 할 수 없다. 나는 분노의 크기가 덜하면 대놓고 맞상대해서 그 잘못을 나무라지만, 분노가 극에 달하면 아예 침묵으로 무시함으로써 상대방을 압박하는 버릇이 있다.

손자 돌보기마저 내팽개치고 2박3일이란 시간을 꼬박 채운 뒤 나타난 뻔뻔한 할미의 낯을 마주 보기 싫어 그만 방 안으로 숨어 버렸다. 지난번처럼 식구들 앞에서 얼굴을 붉히고 큰소리를 치면 결국 아이들만 힘들어 할 걸 알기에 모든 걸 안으로만 삭이자니 속이 터질 것 같다.

사랑하는 큰손녀 생일에 속 좁은 할아비는 웃을 수가 없다. 이 할아비는 우리 손자들을 힘들게 하는 자라면 세상 누구라도 결코 용서할 수 없다.

아가, 미안하고 또 미안하다.

2013. 10. 9

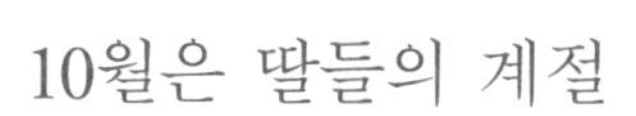

10월은 딸들의 계절

오늘은 세상에 단 하나뿐인 딸의 생일이다. 누구보다 살뜰히 이 날을 챙겨 줄 사위가 마침 서울 출장 중이라니 마음에 걸린다. 더구나 딸은 다음 달 둘째 아이의 해산을 앞두고 있기에 더욱이 홀로 생일을 맞게 할 수 없어 점심을 사 주겠다고 불러냈다. 시집은 갔어도 딸은 친정 부모와 함께 나들이하는 것이 마냥 즐거운 기색이다.

언제부터인지 어른들끼리만 어울리는 자리에서는 쉬이 대화의 실마리를 꺼내기 어려워졌는데, 이럴 때는 손자들이 동행하면 그 어색함이 슬그머니 누그러지곤 한다. 내자의 가출 사건 이후 우리 부부는 아직도 냉랭한 상태다.

마침 주말이라 유치원에 안 가는 휘수가 따라나선 덕분에 한결 분위기가 부드러워진다. 옛날 양반들이 대화의 상대방을 서로 지척에 두고도 남의 말 하듯 종을 통해 대화하듯이 말이다.

식사를 마치고 정읍 어느 산골의 구절초 축제를 구경하기로 했다. 딸의 기분전환을 위해 내자가 마련한 선물인데, 딸이 만족스러워하니 다행이다. 깊어가는 가을 날 꽃향기에 취해 산길을 산책하는 사람들의 표정이 하나같이 밝고 평화롭다.

어른들의 꽃길 나들이에 따라나선 휘수는 걷기가 지겨운지 자꾸 시비를 걸기 시작한다. 다리가 아프다 하기도 하고 배가 고프다고 업어달라고도 한다. 아이는 지금 시장기를 느끼고 있는 게 분명하다. 점심 때 깨작거리면서 통 숟갈을 들지 않았다. 원래 말 많은 아이인지라 불평하느라 한시도 입이 가만히 있지 않는다. 아이의 입을 다물게 하는 방법이 하나 있긴 한데, 군것질 파는 곳이 얼른 눈에 띄지 않는다.

한 30분쯤 걷자 큰 풍선이 띄워지고 포장 친 가게들이 나타난다. 아이의 표정이 마치 사막에서 오아시스를 발견한 것처럼 환해지더니 가게로 달려가 대뜸 제 팔뚝만 한 핫도그를 집어 든다. 한참 게걸스럽게 먹어대더니 배가 부른지 기분 좋게 떠들어댄다.

"할아버지, 아까는 배가 고팠어요. 음식점 된장국이 매워서 밥을 안 먹었거든요."

"그러면 누룽지는 왜 안 먹었어?"

"그건 맛이 없었거든요."

휘수는 유난히 제 고모를 잘 따른다. 젖먹이 시절 고모 젖을 얻어먹고 자란 것을 아이는 잘 기억하지 못한다. 요즈음도 가끔 그때 일을 물어보면 어리둥절해 한다. 그때는 너무 어려서 기억할 수야 없겠지. 다만 어른들이 그 사실을 상기시켜 주니 그런가보다 하는 눈치다.

어쨌든 딸과 손녀는 외모나 하는 짓이나 참 많이 닮았다. 딸도 어린 시절 어찌나 말이 많았던지, 내자는 딸의 말을 다 듣노라면 숨이 넘어갈 것 같다고 했다. 지금은 딸 대신 쉴 새 없이 재잘거리는 손녀가 무섭다고 하는 걸 보니, 말 잘하는 것도 이 집안 딸들의 유전형질인가보다.

며칠 전에는 휘수와 같이 귀가하다가 동네 할머니 한 분을 만났는데, 그분 말에 어처구니가 없어 실없이 웃음을 흘리고 말았다.

"저 애 엄마 또 배가 부르던데 언제 낳아요?"

그 할머니는 아이의 고모를 엄마로 착각한 것이다. 하기야 아이가 제 어미보다 고모를 더 많이 닮았으니 동네 사람들이 다들 그리 생각하는 것도 무리는 아니지.

아이는 고모를 좋아하고 잘 따르지만, 고모가 하는 말이라면 누구보다 어려워하기도 한다. 마치 유치원 선생님의 말처럼 권위가 느껴져 거역할 수 없는가보다. 그렇게 해찰을 부리다가도 고모가 밥을 먹으라고 하면 두 말 않고 따르는 걸 보면 얼마나 신통한지 모른다.

누가 보더라도 모녀 사이임을 의심하지 않을 고모와 조카딸이 나란히 걷는다. 10월 달력에는 딸과 손녀의 생일이 나란히 표시되어 있다. 같은 달 열흘 사이다. 가을 정취가 익어 가는 10월은 신가네 딸들의 계절이다.

2013. 10. 19

생각주머니

어제 다녀온 구절초 꽃구경에 아이는 퍽이나 곤했었나 보다. 내자와 나도 모처럼의 나들이에 노곤해서 평소보다 일찍 잠자리에 들었다. 매일 반복되는 단조로운 일상이라서 그런지, 가벼운 나들이 정도의 작은 변화에도 생활 리듬은 조금씩 흔들리게 마련이다.

내 침대에 바짝 붙여놓은 꼬마 침대에서 자는 아이가 아침 일찍 잠이 깨어 하빠를 깨운다. 아, 이건 필시 무슨 곡절이 있는 게 분명하다.

"하빠, 나 오줌 쌌어요. 그런데 기저귀 말고 팬츠에다 쌌어요."

오줌을 싸긴 쌌는데 그 무안함을 조금이라도 덜어 보려고 아이는 머리를 써서 이렇게 말한다.

보통은 할아버지라는 호칭을 쓰는데 하빠라고 부를 때는 어리광을 피우려는 속셈인 것이다. 이건 모두 기저귀 채우는 걸 깜빡 잊은 내

탓이다.

이부자리며 침대 시트까지 흠뻑 적시고 말았다. 얼른 일어나 따뜻한 물로 아이 몸부터 씻겨 준다.

아이가 무안해 할까 봐 최대한 부드러운 말로 다독거린다.

"어이쿠, 하빠가 기저귀 채우는 걸 깜빡 잊어먹었네!"

그러자 멋쩍은 웃음을 흘리며 아이가 얼른 대꾸한다.

"먹을 게 없어서 그걸 잊어 먹냐?"

"아이고, 우리 휘수는 어쩌면 이렇게 말을 멋지게 하는지 몰라! 도대체 어디에서 그런 말이 나오지?"

"제 머리 속에는 큰 생각주머니가 들어 있거든요."

"생각주머니라니? 그건 누구한테 배운 말이지?"

"그냥 제가 생각해 보니까 그래요."

이건 단순한 말장난이 아니라 아이의 뛰어난 순발력이며 재치 넘치는 언어감각이다.

아이는 아까부터 할머니에게 야단맞을 걱정으로 잔뜩 긴장하고 있다. 할미는 이십여 일 전부터 심한 감기가 걸려 식구들에게 전염되는 걸 막겠다며 2층 방에서 따로 자고 있다.

"아가, 할머니한테 너 야단치지 말라고 할 테니 걱정하지 마라."

하고 위로해 준다. 그래도 아이는 걱정이 가시지 않는 눈치다.

"할머니가 야단치지 못하게 태권도를 해 버릴까?"

아이는 힘을 주어 태권도 자세를 취한다.

“아니야, 그러지 말고 할머니를 안아주고 뽀뽀해 주면 할머니가 웃어 버릴 거야.”

“그럴까? 그럼 그렇게 해 봐야지.”

아이는 2층으로 달려가더니 이내 뛰어내려온다. 아무래도 할미가 화낼까 봐 무서워 오줌 싼 사실을 실토하지 못한 것 같다. 돌아와서도 아이는 안절부절못한다. 뒤늦게 눈치 챈 할미가 차마 야단도 못치고 웃음으로 얼버무린다.

아이는 밥상머리에서 시키지도 않은 말을 꺼낸다.

“나 청솔아파트에 갈 거야.”

무안함을 감추느라 그렇게도 가기 싫어하던 아파트에 가겠다고 자진해서 나선다. 평소보다 눈에 띄게 말수도 더 많아졌다.

할미가 아이의 아비에게 딸을 데려가라고 전화를 건다. 딸의 속도 모르는 아비는 반가워서 금방 달려올 것이다. 두 집살이를 하다 보니 아이의 옷이 양쪽에 분산돼 있어서 때로는 갈아입힐 옷을 찾느라 애를 먹기도 한다. 계절이 바뀌면서 아이가 입을 만한 옷도 모자라니 옷도 갈아입혀야 하고, 마침 일요일이니까 아이에게 부모와 함께 지낼 시간도 줄 겸 겸사겸사 하는 소리다.

제 아비가 데리러온다니 아이는 이리저리 마음이 흔들리는가 보다. 아빠한테 가겠다고 했다가 안 가겠다고 했다가 자꾸만 말을 바꾼다. 아비 집에 가면 쉬이 할아버지 집에 못 돌아오게 될까 봐 걱정하는 눈치다. 아이의 소원은 우리 여섯 식구가 한집에서 같이 사는 것이리라.

아이는 그림을 그려도 가족 얼굴 그리기를 좋아한다. 그림 속에는 우리 식구수대로 꼭 여섯 사람을 그리는데 자세히 들여다보면 재미있는 걸 발견할 수 있다.

우선 식구 중에서 제일 크게 그려 넣는 사람은 할머니다. 할미는 파마머리가 풍성하게 보여서 할아비보다 더 크게 그리는 것 같다. 물론 가장 작고 예쁘게 그려 넣는 건 제 동생이다. 또 아이는 그림에다 사람마다 하트(♡) 하나씩을 붙여 놓는다. 가족을 사랑하는 아이의 마음이 얼마나 애틋한지 보는 사람까지 숙연해진다.

2013. 10. 20

홍시 紅柿

시집간 딸이 잘 익은 홍시를 가만히 아비 손에 쥐어 준다. 딸은 홍시를 볼 때마다 아버지 생각이 나서 과일가게를 그냥 지나치지 못한다고 한다. 아비가 과일 중에서도 유독 홍시를 좋아한다는 건 딸이 어려서부터 익히 알던 사실이다.

홍시는 맛도 일품이지만 그 신비로운 색깔은 표현력이 뛰어난 우리말로도 마땅한 형용사를 찾아낼 수 없을 만큼 묘한 매력을 가지고 있다. 이제 여기에 딸의 따뜻한 마음씨까지 얹어지니 더욱 애착이 가는 과일이 되었다.

언젠가, "홍시가 익으면 울 엄마가 생각이 난다."는 유행가가 많은 사람의 향수를 자극했었다. 사람들은 홍시를 보며 각기 다른 사람의 얼굴을 떠올리는가 보다. 누군가는 엄마를, 또 누구는 아버지를.

× 2013. 10 ×

그것도 아니면 어린 시절 고향동무를 그리워하는 사람도 있을 게다.

나는 홍시를 떠올릴 때마다 장손에게 유달리 근엄하시던 할아버지가 생각난다. 손자가 노래를 흥얼거리는 것마저도 못마땅해 하셨고, 지게를 지는 것에도 마구 화를 내셨던 분이다. 전통적인 유교의식으로 무장하신 할아버지는 당신의 큰손자가 공부에만 전념하기를 바라시며 기울어 가는 집안을 일으켜 세울 재목으로 대단히 기대를 품고 계셨다.

평소에 애정표현도 서투르신 데다 손자에게 마음 놓고 과자도 사줄 수 없을 정도로 가난했던 할아버지는 장롱 속 깊숙이 넣어 둔 홍시를 꺼내 주는 것으로서 손자에 대한 사랑과 미안함을 대신하셨다. 늦가을이면 남도에 지천으로 널린 것이 홍시였지만, 할아버지 방에서 나온 것은 어쩜 그리도 맛이 유별났던지. 아마도 할아버지는 자신의 사랑을 듬뿍 담아 숙성시키는 특유의 비법을 알고 있어 그리도 맛이 뛰어난 홍시를 만들어 내셨던 게 아니었을까?

남쪽 바다가 삼 면으로 둘러싸인 고향은 바닷바람의 영향으로 과수농사가 잘 안 되는 편이다. 그런데 감나무의 경우 해마다 몇 차례씩 찾아드는 모진 태풍에도 잘 견뎌 내며 현재까지도 고향 곳곳에 굳건하게 자리를 지키고 있다.

감나무는 잎에 단풍이 든 모습도 좋지만, 잎이 다 지고 나서 열매만 달려있을 때도 마치 신비로운 꽃 잔치라도 벌이는 것처럼 독특한 풍광을 연출하곤 하는데, 모습이 너무나도 서정적인 분위기를 자아낸다.

시골 마을의 가을 풍경을 가장 아름답게 하는 나무는 단연 감나무일 것이다.

먹을 것이 귀하던 가난한 시절에도 이맘때면 시골 아이들의 입을 심심치 않게 달래 준 것이 바로 그 달콤한 홍시였다. 나중에야 알게 된 사실이지만, 감나무에게는 일곱 가지 좋은 점이 있다고 한다.

즉 수명이 길고, 그늘이 짙으며, 새가 둥지를 틀지 않고, 벌레가 없으며, 단풍이 아름답고, 열매가 맛이 있으며, 낙엽이 훌륭한 거름이 된다고 했다. 한마디로 버릴 것이 하나도 없어 인간에게 덕을 베푸는 가을 최고의 나무로 칭송받는 것이다.

환갑이 훌쩍 넘은 지금도, 그 정겹던 마을 풍경과 그 맛이 떠올라 눈길이 자꾸 감나무에 머물곤 한다.

딸이 사 준 홍시가 곱고 맛있게 생겨서 손자들에게도 먹여 보고 싶어 남겨두었다. 나도 내 할아버지를 흉내 내서 손녀에게 홍시로 인심써 보지만 아이는 그리 달가워하지 않는다. 손녀에게 옛날의 나 같은 아이의 정서를 기대하는 게 너무 무리였나 보다.

요즘 아이들은 감 따위의 느리고 촌스러운 음식에는 흥미를 갖지 않으려 한다. 그보다 피자나 통닭 같은 빠른 식품에 더 관심이 많겠지. 세상이 달라졌으니 옛 것만 강요해서도 안 되겠지만 도대체 누가 왜 이런 삭막한 물결을 몰고 왔을까?

× 2013. 10 ×

앞만 보고 달려온 세월이 허무하게 느껴지는 계절이다. 지금은 큰 맘을 먹어야 겨우 한 번씩 찾아가 볼 수 있는 고향, 지금쯤 그곳에도 옛날처럼 붉은 감이 주렁주렁 매달려 있겠지? 포근한 고향의 품으로 어서 오라고 빨갛게 손짓 하고 있겠지?

2013. 10. 24

버스 타고 갈래요

휘수가 제법 크긴 컸나 보다. 작년에 입던 옷들이 대부분 몸에 맞지 않아 손목이나 발목 위로 한참 드러날 정도로 작아졌다. 입던 옷을 입혀 보면 마치 흑백사진 속의 옛날 아이들처럼 어색한 모습이다. 늘 봐서 그런지 조금도 안 큰 것 같더니 옷을 입혀 보면 꽤 많이 자랐다는 것을 확연히 알 수 있구나.

할미는 옷가게를 지나칠 때마다 손자들 옷만 눈에 띈다고 한다. 할미가 옷을 새로 사 입혀야겠다고 벼르고 있는데, 마침 아이의 어미가 휘수 옷이라며 새 옷 몇 벌을 사 왔다.

어미는 큰딸을 위해 나름대로는 예쁜 옷이라고 골라 사 온 것이다. 아이가 맘에 들어 하길 고대하며 어미는 얼른 입혀 보고 싶어 안달이 나 있다. 어미가 아이에게 다가가자, 아이는 한사코 옷 입기를 거부한다. 심지어 짜증까지 부리며 멀리 달아나 버리자, 모처럼 생색을 내고 아이와 가까워지려던 어미의 의도는 순식간에 무색해진다.

아, 아이는 지금 이 옷을 입혀 아파트로 데려가려는 것으로 넘겨짚고 그렇게 되는 상황을 모면하고 싶어 하는 모양이다. 아이의 부모들은 휘수를 볼 때마다 아파트로 가자는 것이 입버릇처럼 되어버렸다.

늙은 부모에게 맡기는 것이 미안하기도 하고, 아이와 오래 떨어져 살다 보면 정이 멀어질까 봐 염려하는 모양이다. 아이는 할아버지 할머니와 함께 우리 여섯 식구가 모여 살고 싶은 것이다. 아이는 평소에도 가족 얘기를 자주 들먹인다.

언젠가 나에게 이렇게 물은 적이 있었다.

"우리 가족은 여섯인데, 다른 집들은 왜 셋이고, 넷이예요?"

"우리 집은 할아버지 할머니가 계시잖아?"

"할아버지 할머니, 휘수는 빨리 어른이 되고 싶어요. 그래서 좋은 집도 지어 주고 맛있는 것도 사 드릴게요."

"그래, 우리 휘수가 효녀로구나!"

"그런데 휘수가 어른이 되면 할아버지 할머니는 어떻게 돼요?"

"할아버지 할머니는 늙어서 죽지."

"그러면 휘수는 어른이 되기 싫어요. 할아버지 할머니가 죽으면 나는 어떻게 살아요? 할아버지 할머니 늙지 마세요."

아이는 금방 걱정 어린 표정으로 바뀐다.

이런 말을 들으면 코끝이 찡하고 눈물이 핑 돈다. 이 작고 귀여운 놈이 어쩜 이다지도 할아비 마음을 흔들어 놓는지 몰라!

저녁 무렵 유치원 교사에게서 전화가 걸려왔다. 전화를 받은 할미도 옆에서 듣던 나도 가슴이 철렁했다. 이 시각에 전화라니 혹시 아이에게 무슨 사고라도 생겼는지 불길한 예감이 고개를 내민다.

유치원 끝날 시간이 되자 휘수가 선생님에게 달려가더니 애원조로 말하더란다.

"선생님, 할아버지 할머니한테 전화 좀 걸어 주세요. 저는요, 엄마가 데리러오는 건 싫어요. 버스 타고 할아버지 집으로 가게 해 주세요."

시부모에게 아이 맡긴 것을 못내 죄스럽게 생각하는 며느리는 퇴근길에 큰딸을 아파트로 데려가려고 가끔 유치원에 나타나기도 한다. 그런데 아이는 할머니 할아버지랑 같이 지내는 것이 더 편하다고 생각한다. 아이에게 자꾸 아파트로 가자고 하는 건 굉장한 스트레스일 것이다. 그래서 아들 내외에게는 아이가 굳이 싫어하는 걸 강요하지 말라고 타이르곤 한다.

직장 일도 힘들 텐데 아이 둘마저 건사해야 한다면 아들 내외에게도 힘겨운 일이 될 테니, 양육을 분담하는 것도 부모로서 최소한의 도리가 아닐까 싶다.

할미 할아비가 아무리 잘해 줘도 때가 되면 아이는 자연스럽게 제 부모를 찾아갈 테니 그때까지 느긋하게 기다리려고 한다.

2013. 10. 29

갈 데가 없어서 거길 가냐?

우리 집에 처음 찾아오는 사람들은 다른 집에서는 흔히 보지 못한 아주 낯선 광경에 놀라 어안이 벙벙해지기 일쑤다. 집안이 온통 아이들 놀이시설이나 장난감과 인형 따위가 차지하고 있으니 마치 어린이집에라도 온 것처럼 착각하기 쉽기 때문이다.

첫아이가 태어나면서부터 사들인 것에서부터 선물 받은 것까지 합하면 어찌나 많은지, 거실은 물론이고 서재와 창고에 이르기까지 아이들 용품으로 그득하다. 아마 앞으로도 아이들 살림살이는 지금보다 훨씬 더 늘어날 것이다.

가끔씩 정리를 하거나 치워 보기도 하지만 아이들이 다시 찾으면 별 수 없이 또 꺼내야 하니 도로 아미타불이다. 하루에도 몇 번씩 아이들이 놀던 자리를 치우는 것이 나의 중대한 일과가 되었다. 도로 어질러 놓을 걸 굳이 치울 필요가 있느냐고 반문할지 모르지만, 이 할아비의 지론은 아이들에게 늘 정돈된 모습을 보여 주어 아이에게도 자연스럽게 그런 습관을 길러 주고 싶은 것이다.

아이 키우는 집이 으레 그러려니 하고 어느 정도는 이해해 주겠지만, 방문객에게 어수선한 집안 꼴을 보이는 것이 민망해서 묻지도 않은 집안 모습을 먼저 변명하는 버릇마저 생겼다.

또 안방 풍경은 어떤가? 우리 부부가 쓰는 침대 곁에는 휘수의 작은 침대가 바짝 붙어 있다. 제법 널따란 방이지만 침대 두 개가 놓이고 나니, 빈 공간이 겨우 남아 있는 정도다.

그런데다 잠버릇이 고약한 아이의 안전을 위해 부딪힐 만한 모서리를 다 틀어막으려면 베개나 이불을 있는 대로 다 동원해야 한다. 사람은 셋인데 베개는 여덟 개나 준비해 놓고, 아이가 침대에서 떨어질 때를 대비해서 방바닥에는 늘 카펫이나 요를 깔아둔다.

어제는 헬스장에 가는 것도 하루 거르고 내자와 둘이 마늘 심기 작업을 했다. 남을 따라 하는 어설픈 농사지만 씨를 뿌리고 거름을 주며 정성을 기울일 때마다 마음은 늘 희망으로 부풀곤 한다. 한 번 좋은 경험을 했으니 내년에는 틀림없이 알찬 수확을 기대해 본다.

이 산골에 들어와서 어느덧 열 번째 가을을 맞이하고 있다. 자연과 인생의 진리란 과연 무엇일까?

자연은 우리에게 생성을 기다리는 설렘과, 생명이 움트는 순간의 환희, 흙으로 다시 돌아가 거듭남을 대비하는 소멸의 아름다움, 나

무와 풀과 바람과 흙이 전해주는 은밀한 생의 의미를 만나는 기쁨을 선사해 준다. 손자들이 커가는 걸 바라보면 사람살이라고 해서 이보다 무엇이 다르랴 싶다.

솜씨 없는 농사꾼들에게도 오후 무렵이 되면 노동의 피로가 몰려온다. 이런 날이면 일찍 잠을 청해야 하는데 하필 오늘은 밤늦게까지 재미있는 영화 한 편을 시청하다 보니 1시를 훌쩍 넘어서야 잠자리에 들었다.

막 곤히 잠들었는데 난데없이 무엇엔가 쿵 부딪히는 소리가 들리더니 이내 아이의 울음이 정적을 깬다. 놀라서 일어나 보니 침대 옆에 붙은 화장대 위에 자리끼로 놓아둔 물그릇을 아이가 자다가 걷어차는 바람에 물이 죄다 쏟아진 것이었다.

아이의 옷이 흠뻑 젖었고, 화장대는 물론이고 방바닥에 깔아 놓은 카펫까지 젖고 말았다. 그나마 아이가 심하게 다치지 않은 것이 천만다행이었다. 얼른 아이의 옷을 갈아입히는데 아이는 제 실수가 무안하고 속이 상해선지 계속 울어댄다.

며칠 전에는 아이가 자다가 오줌을 싸는 바람에 소동이 벌어지지 않았던가?

"잠들기 전에 아이 기저귀 채우는 걸 깜빡 잊어먹었다."는 할아비의 말꼬리를 잡아 아이는 우리 부부를 크게 웃긴 적이 있었다.

"먹을 게 없어서 그걸 잊어 먹냐?"

하며 아이는 재치가 철철 넘치는 응수를 했다.

"자다가 갈 데가 없어서 거길 가냐?"

이번에는 내가 아이를 달래느라 아이의 말투를 흉내 냈더니, 울던 아이도 할미도 웃음을 참지 못한다.

이렇게 또 한밤중에 한바탕 소동을 치르고 나서 시계를 보니 4시가 훌쩍 넘었다. 하필이면 잠이 모자란 날 이런 일들이 생기는지 모르겠다.

2013. 10. 31

2013년

아가들이 좋아하는 건 없어요?

할아버지 할머니의 손자가 되어라!

네 번째 손자

마늘 한 쪽의 교훈

할아버지, 학예발표회에 꼭 와야 해요

누가 자매 아니랄까 봐

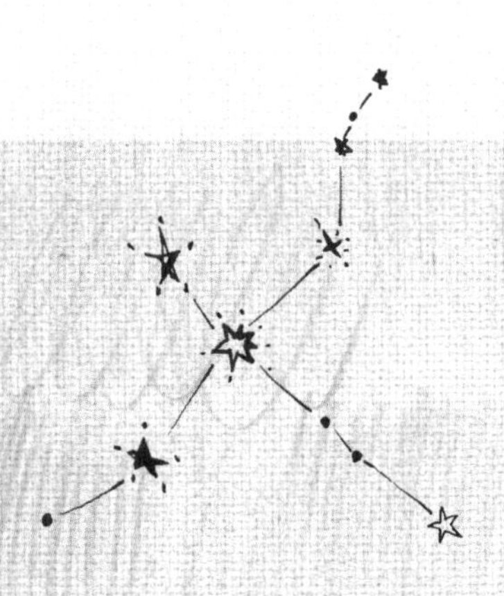

아가들이 좋아하는 건 없어요?

저녁 식사를 마치고 난 뒤 우리 집 식구들의 위치는 매번 똑같다. 내자는 거실의 소파에 자리를 잡고 잠들 때까지 여러 채널을 돌려가며 드라마 삼매경에 빠진다. 지상파 말고도 드라마 전문 채널들이 많은데 그 채널 모두를 거의 빼놓지 않고 섭렵한다. 내가 볼 땐 다 그게 그것 같은데, 뭐가 그리도 재미있는지 질리지도 않는 모양이다. 드라마가 중독성이 강하다는 것이 빈말은 아닌 것 같다.

반면, 술 담배나 잡기와는 담을 쌓고 사는 나는 안방에서 스포츠 중계를 시청하는 것이 주일과다. 봄부터 초가을까지는 야구에 푹 빠지고, 늦가을부터 초봄까지는 농구와 배구를 즐겨 본다. 특히 야구는 자타가 공인하는 야구광 수준이라 경기가 있는 시간이면 누구와도 약속을 하지 않고 사는 게 오랜 생활습관으로 굳어졌다.

여태까지 내 생활은 야구를 기준으로 돌아갔고 다른 일들은 그 이후에 생각했다. 물론 이런 생활 패턴도 손자들이 생기면서부터 대폭 수정해야 하지만 말이다.

어쨌든 텔레비전이 두 대가 아니었음 채널 사용권을 두고 매번 다툴 뻔했다. 취향이 현격하게 다르니, 서로의 영역에 침범하지 않는 것이 불문율이 돼 버렸다.

그런데 언제부턴가 이런 우리의 생활 리듬을 깨려는 훼방꾼이 하나 나타났다. 어지간한 사람이면 다 짐작하듯, 바로 큰손녀 휘수란 놈이다.

작년까지만 해도 휘수는 막무가내로 텔레비전 채널 사용권을 행사하던 무법자였다. 그런데 다섯 살이 된 올해부터는 그렇게 떼를 써서는 안 된다는 사실을 알아차렸다. 아이의 텔레비전 시청 시간은 아침 8시부터 유치원에 가는 9시까지와 유치원에서 돌아오는 오후 5시부터 6시까지로 묵계가 이루어졌다.

그래서 할미나 할아비가 시청할 때면 제가 보고 싶은 애니메이션 시청도 잘 참아 주었다. 대개 드라마를 보는 할미 곁에서 재잘거리다가 잠이 들면 할미나 할아비가 안아다가 안방 침대에 눕히곤 한다.

그런데 오늘은 9시가 넘어도 잠이 안 오는지 안방과 거실을 열 번도 넘게 들락거렸다. 혹시나 제 맘을 알아줄까 하고 아무리 기다려도 시원한 반응이 없자 잔뜩 실망한 눈치다. 할미도 할아비도 맞장구가 신통치 않다고 생각했는지 기어이 불만을 터뜨리고 만다.

"아가들이 좋아하는 건 없어요?"

유아 애니메이션이 보고 싶은데 왜 안 틀어 주느냐는 말을 이렇게 에둘러 하고 있다. 아이는 직설적인 말보다는 늘 이렇게 고단수로 표현할 줄 아는 재주를 가졌다.

여기에서 아이가 안쓰럽다고 어린이 프로그램을 틀어 주다 보면 밤늦게까지 잠을 안 자고 보려 할 것이다. 아이의 잠을 유도하느라 전깃불을 꺼버리고 잠든 척 하자 혼자 떠들다 겨우 잠이 든다.

우리 아가, 이제 제법 철이 들어가는구나!

2013. 11. 3

할아버지 할머니의 손자가 되어라!

유치원에도 안 가는 일요일 아침인데 휘수는 일찍 일어나더니 곧장 거실로 달려가 스케치북을 찾아 그림 그리기에 열중이다. 다른 집 아이들은 시키려고 해도 한사코 꺼려 한다는데 이 아이는 그림 그리기를 놀이처럼 즐기는 것 같다. 제 고모가 이만한 나이에 그랬던 것처럼.

아이의 그림을 들여다보면 그냥 끼적거리는 수준이 아니라 의도가 뚜렷한 그림이라는 걸 단박에 알 수 있다. 아이의 그림에서는 또래에서 찾기 힘든 집중력과 인내심이 엿보인다. 그림을 그릴 때면 누가 건드려도 반응을 하지 않고 그에 집중하는 것이 그저 신통하다.

아이의 이런 취향을 고려해서 늘 눈에 띄는 곳에 크레파스와 색연필과 스케치북을 놓아둔다. 또 수시로 스케치북을 살펴서 다 쓸 때쯤에는 얼른 새것을 조달하는 것도 할아비가 해야 할 중요한 임무가 되었다. 물론 아이가 바른 자세로 그림공부를 하도록 아이 전용으로 작은 책상까지 하나 장만했다.

언제부터인지 내 머릿속에는, '모든 예술 작업이 다 그렇듯이 그림 그리기는 창의력을 개발하는 데 아주 훌륭한 방편'이라는 의식이 크게 자리를 잡고 있다. 굳이 화가까지 되지는 않더라도 손녀가 그림 그리는 걸 적극적으로 권장하고 싶다.

이럴 때 보통의 아이들이라면 텔레비전을 보겠다고 떼를 쓰거나 먹을 것을 달라고 조를 텐데, 이 아이는 의젓하기만 하다.

이렇게 한참을 잘 지내는데 제 아비에게 전화가 왔다. 일요일이라 한옥마을로 데려가 단풍 구경을 시키겠다고 한다.

할미는 아이의 외출준비를 하느라 세수를 시키고 옷을 갈아입힌 다음 머리를 예쁘게 묶어 준다. 아이는 오늘의 헤어스타일을 삐삐머리로 해 달라 주문한다. 할미가 다듬어 준 머리 손질이 마음에 드는지 거울 속에 비친 제 모습에 흡족해서 자꾸만 들여다보며 여러 가지 포즈를 취해 본다.

내 눈에야 언제 보아도 늘 예쁘지만 오늘 따라 더욱 귀여워 보인다. 이제는 익숙한 입버릇이 되어 버린 그 말이 절로 튀어나온다.

"이렇게 예쁜 놈이 어디에서 왔을까?"

"하늘나라에서 왔지요."

"어떻게 내려왔는데?"

"기다란 미끄럼틀을 타고 내려왔어요."

"미끄럼 탈 때 안 무서웠어?"

"예, 아주 재미있었어요. 저는 미끄럼 타는 게 참 좋아요."

"하느님이 뭐라고 하시면서 보내셨을까?"

"할아버지 할머니의 손자가 되라고 하셨어요."

"아, 참 그렇지!"

어제 내린 비에 마지막 남은 낙엽도 거의 떨어지고 창밖에는 스산한 늦가을바람이 어지럽게 낙엽을 쓸어 가고 있지만, 우리 집 거실은 손녀의 재치 발랄한 화술로 화기애애한 분위기다.

2013. 11. 9

네 번째 손자

어떤 때는 하루 종일 전화 한 통 주고받지 않고 넘어가는 날도 더러 있다. 퇴직한 뒤로는 되도록 사람도 덜 만나고 말도 덜 섞으며 지내는 게 익숙한 일상이 되었다. 한편으로는 번잡하지 않고 단순한 나만의 시간이 한가해서 좋다는 생각이 들 때도 있다. 굳이 누군가를 기다리거나 찾느라 애쓸 필요도 없고 홀가분해서 좋기만 하다.

요즘 나이 탓인지 또 치아가 말썽이다. 이럴 때는 치과에 가기 싫어하는 어린아이처럼 차일피일 미루기 십상이다. 이대로 방치하다 더 고생하는 건 아닌가 싶어 벼르던 치과를 찾았다. 예상보다 길어진 진료를 받고 있는데 이런 사정을 모르는 휴대폰 벨이 계속 울린다.

치료를 끝내고 확인하니, 반가운 소식을 전하려는 사위의 부재중 전화가 네 통이나 찍혀 있다.

보나마나 뻔한 일이다. 출산하려고 병원에 입원한 딸이 해산을 했다는 소식이다. 유난히 무거워 보이는 배에 힘겨워하는 딸을 볼 때마다 걱정이 많았는데 무사하다니 다행이다.

딸은 아들만 둘을 낳았다. 그러니 내겐 외손자가 둘인 셈이다. 얼른 사돈에게 손자 탄생을 축하한다는 전화를 했더니, 외손자가 생겨서 축하한다는 밝은 대답이 부메랑처럼 돌아온다.

저녁 무렵 아이의 면회시간에 맞춰 병원을 찾았다. 신생아실 창 너머로 아이를 들여다본다. 벌써 네 번째나 이런 일을 겪지만, 볼 때마다 드는 애틋한 느낌은 처음처럼 그대로다. 해맑은 얼굴의 천사가 강보에 싸여 외할아비에게 첫 선을 보인다. 내일쯤이면 예쁜 눈을 뜨고 이 할아비를 바라볼 수 있을까?

산고를 겪은 뒤라 부어오른 딸의 몰골에 짠한 마음이 엄습한다. 엊그제만 해도 재롱을 부리던 그 귀엽던 아이가 이제는 두 아들의 어미가 되었다니…… 세월의 힘이 참 무섭다.

아이가 뱃속에 있던 몇 달 전, 딸은 조심스레 아이의 이름을 지어달라고 부탁했다. 사위 집안은 전통적인 명문가인데다 엄연히 친가 어른이 계시니 그분들과 상의하라고 사양했더니, 시댁 어른들이 외할아버지에게 작명을 맡기고 싶다는 의견이라 한다.

큰손자 때도 외가에서 이름을 지었으니 이번에도 그리 해달라는 사돈의 겸양에 길게 사양할 수도 없다.

평생 달고 살아야 할 이름인데 나처럼 천학비재(淺學非才)한 사람이 함부로 작명을 할 수도 없는 노릇이라 또 큰 숙제를 안은 셈이다.

세상에 흔치않고, 깊은 철학이 깃들고, 부르기 쉬운 현대적 감각도 갖춘 이름, 온갖 좋은 것을 함축한 이름이면 좋겠는데……. 아무래도 소리 위주의 글자는 가벼운 느낌이 들어서 꺼려진다. 깊고 무게감도 갖춘 좋은 뜻이 담긴 글자면 좋겠다.

나는 역학이나 철학에 조예가 있는 사람도 못된다. 다만 손자를 생각하는 정성과 애틋한 마음만 가슴 깊이 간직하고 살아갈 뿐이다. 그래서 그런 간절한 마음을 담아 평소에 좋아하던 글자를 조심스레 내밀었다.

아비 말이라면 늘 믿고 따라 주는 딸은 아비의 뜻에 따라 둘째 아들의 이름을 '담(潭)'이라 부르기로 했다. 이 글자는 깊다는 뜻도 있을 뿐만 아니라, '못'(연못, 저수지, 호수 등을 포함한다)이라는 의미도 있다. 즉, 만물을 먹여 살리는 물을 품은 곳을 말한다.

따라서 못은 하늘의 선물인 물을 모아 품어서 온갖 생명체들을 살리고, 생태환경을 정화하고, 사람들에게 아름다운 자연의 모습을 보여 줌으로써 정서를 순화시켜 주기도 한다.

생각도 몸가짐도 깊고, 어떤 난관이 닥쳐도 흔들리지 않고 능히 견뎌 내는 진중(鎭重)한 사람으로 살아가기를 바라는 외할아비의 간절한 마음이 담긴 이름이다. 딸의 시댁 어른들이나 사위도 맘에 들어 할지 모르겠다.

내자는 어깨너머로 익힌 육갑을 꼽아 보며 아이의 사주풀이를 한다. 외할머니의 간절한 바람대로 아주 좋은 운을 타고난 아이라며 함박웃음을 감추지 않는다. 이제 '겸(謙)'이에게는 형이라 부를 남동생이 생겼고, '휘수'와 '유수'에게도 누나라 부를 귀여운 고종사촌 동생이 생겼다.

이렇게 내 피붙이가 하나씩 늘어나다니 만감이 교차한다. 귀여운 손자들이 생기는 만큼 나도 더 늙어가고 남은 시간 동안 해야 할 일들을 하나씩 정리해야 하는 시기가 다가오고 있음을 온 가슴으로 느낀다.

2013. 11. 13

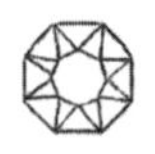

마늘 한 쪽의 교훈

이 산골에 들어와서 어느덧 열 번째 가을을 맞이하고 있다. 그런데 나는 아직도 얼치기 농사꾼 신세에서 한 발짝도 나아가지 못한다. 평소에 농가월령가라도 좀 읊조리거나 꼼꼼하게 농사일기라도 썼다면 이런 수치스러움을 안고 살아가지는 않았을 텐데, 게으른 벌을 톡톡히 받는 셈이다.

게으른 사람은 자꾸 편한 농사법을 찾게 마련인데, 이 때 내게도 눈에 확 들어오는 것이 하나 있었다. 이런 늦가을 무렵이면 동네 사람들이 마늘이나 양파 모종을 심곤 하는데 바로 그 장면이 눈에 들어온 것이다.

"옳지, 바로 이거야!"

나는 대단한 발견이라도 한 양 쾌재를 부른다. 농사를 지으면서 가장 귀찮은 것 중의 하나는 잡초와 벌이는 싸움이다. 봄부터 가을까지는 아무리 뽑아도 돌아서면 다시 돋아나는 게 잡초다. 잠깐만 게으름을 피워도 어느새 잡초가 점령해버리니 방심은 금물이다. 게다가 친환경농법만 금과옥조처럼 고수하는 환경론자의 사전에 제초제 같은 것은 아예 끼어들지도 못한다.

그렇다면 잡초 뽑기가 필요 없는 동절기에도 잘 견디는 작물을 심으면 되겠네. 그건 마늘과 양파가 제격이다. 어지간한 농촌 사람이면 다 아는 빤한 사실을 환갑이 넘은 이 나이에야 겨우 깨우치고 있다.

남 따라 하는 농사는 늘 시작도 늦고 수확도 그만큼 더디다. 더구나 적기를 놓치니 소출이 부실할 수밖에 없다. 늘 느끼는 일이지만 농사를 잘 짓는 사람을 보면 그렇게 부럽고 존경스러울 수 없다. 마치 멋진 예술품을 창조해 내는 뛰어난 예술가를 만나는 것 같은 감동을 받는다니까.

숫기가 없는 나는 아예 물어볼 엄두조차 못 내고 그저 어깨너머로만 훔쳐보는 게 고작인데, 그나마 나보다는 활달한 편인 내자가 마을 사람들에게 조심스럽게 물어봐가면서 마늘 농사에 도전해 본다.

남들은 밭갈이에 경운기를 이용하지만 나는 일일이 곡괭이로 땅을 파는 원시적 농법을 고집한다. 땅을 판 다음 상토를 덮고, 비료를 뿌린 뒤에 구멍 난 비닐을 씌워 구멍에 씨 마늘을 심는다. 참 어떤 집들은 보온용으로 그 위에 왕겨를 뿌려 주기도 하더군. 마지막엔 비닐이 날아가지 않게 흙이나 돌로 눌러 주면 끝이다. 이제 수확할 때까지 별 노동력을 들이지 않고도 기다리기만 하면 된다.

이렇게 작년에 처음으로 어설픈 마늘농사를 지었다. 처음에는 심은 지 20여 일이 지나도 싹이 나오지 않았다. 아마 새들이 다 파먹었나 보다고 실망하던 차에 뒤늦게 싹이 나왔고, 그 후로도 얼마나 튼실하게 잘 자랐는지 모른다. 장님이 문고리 잡는 격으로 아주 대성공이었다. 총 다섯 접쯤 수확을 했는데, 그것도 다른 집 못지않게 아주 실한 놈들이었다.

지난해의 성공에 잔뜩 고무되어 올해는 남의 노는 땅을 더 빌려서 더 많이 심었다. 심어 놓고 하루도 안 빼고 매일 밭에 나가 살펴보았다. 우리보다 먼저 심은 집들은 벌써 싹이 반 뼘쯤 자랐는데 심은 지 보름도 넘은 우리 마늘밭에는 아직 싹이 고개도 안 내민다. 농사에도 운동경기처럼 2년차 징크스가 있을까? 뭔가 잘못된 것은 아닌지 걱정이 돼서 구멍에 가만히 손가락을 집어넣어 본다.

"아, 손에 잡힌 것은 이제 막 돋아나는 싹이 아닌가? 그래, 죽지는 않았구나."

안도의 한숨을 내쉬며 다른 구멍에도 손이 간다. 그리고 조심스레 하나를 뽑아 보았다. 아직 싹도 내밀지 않은 씨 마늘의 아래쪽에는 하얀 수염 같은 뿌리가 촘촘히 달려 있지 않은가?

"아, 싹이 돋아나기까지는 이렇게 치열하게 뿌리를 내리는 작업이 선행되어야 하는구나! 하찮은 풀에서 거목에 이르기까지 바람에 흔들리면서도 넘어지지 않는 것은 이렇게 튼튼한 뿌리 덕분이로구나!

세상일이란 이렇게 겉으로 드러난 현상만 보고 성급하게 판단해서는 안 되며 그 속에 숨은 깊은 뜻까지 살피는 안목이 필요하겠구나!"

모든 건축물도 기초가 튼튼해야 무너지지 않고, 사람도 어린 시절부터 기본을 잘 갖춰야 커서도 사람 노릇을 제대로 하는 것이겠거니. 다시 한 번 손자들을 잘 키워야 할 당위성을 실감한다.

이래서 '농사는 자연과 인생의 진리를 깨우치는 고귀한 작업'이라는 말이 생겨났구나! 말 없는 작은 마늘 한 쪽이 이렇게 큰 가르침을 주는구나! 올 마늘농사도 틀림없이 작년처럼 잘되겠지?

우리의 손자 농사도 그렇게 되기를 간절히 기원해 본다.

2013. 11. 15

할아버지, 학예발표회에 꼭 와야 해요

달력으로는 11월이니 계절은 엄연히 가을로 치지만, 날씨는 한겨울이나 다름없다. 다음 주부터는 날씨가 더 추워진다는 기상 예보에 신경이 쓰인다. 직장에도 안 나가는 백수 신세지만 날씨 걱정을 하지 않고 살 수는 없다.

돌이켜보면 직장생활을 할 때는 세상의 온갖 걱정을 혼자 다 안고 살았던 것 같다. 각종 재난과 사건 사고가 기상과 연관이 많다 보니 그만큼 날씨에 민감하게 반응하지 않을 수 없었다. 세상의 온갖 뒤치다꺼리를 다해야 하는 경찰을 두고 '하수종말처리장'이라는 자조 섞인 말이 나오기도 했지만, 이제 세상의 대한 관심은 조금 내려놓기로 했다.

시야를 한껏 축소해 이제는 국민이 아닌 내 가족들의 안위를 염려하며 살고 있는 셈이다. 날이 궂으면 차를 몰고 출퇴근해야 하는 아들 내외도 염려되고, 짧은 거리지만 유치원에 다니는 손자들이 감기에라도 들지 않을까 걱정되는 것이다.

노인들만 사는 집들이 대부분이라서 평소에는 잠잠하던 동네가 요며칠 사이에 제법 사람들로 북적인다. 주말을 맞아 앞집도 뒷집도 효성스러운 자녀들을 둔 덕에 부모네 김장을 담그는 손길로 부산하다. 우리 집도 추워지기 전에 김장을 하려고 서둘러 밭으로 나가 무와 배추를 뽑았다. 김장 채소는 서리를 맞으면 좋지 않다고 하지 않던가? 적절한 시기에 수확하는 이 기쁨을 맛보려고 사람들은 그렇게 땀을 흘리는가 보다.

아이 하나에 애기 담살이 하나가 붙어야 하니까 아이들이 곁에 있으면 우리의 손발이 다 묶여 버린다. 그래서 휘수까지 아들네 집으로 보내고 부부만 단 둘이서 김장을 한다. 아이들이 더 클 때까지는 아들 내외의 조력을 받는 건 포기해야 한다.

이런 날이면 아들딸 내외와 손자 외손자들까지 다 모여 한바탕 잔치처럼 하루를 지내면 좋으련만. 김장의 본래적 의미는 단순히 김장을 담그는 노동에 그치지 않고 여럿이 모여 담소하는 즐거움, 그리고 이웃과 더불어 나누는 인보정신(隣保精神)에 더 큰 가치를 두는 게 아닐까?

그렇지만 딸도 막 출산을 한데다 손자들이 너무 어려 아직은 여의치 않은 일이다. 내가 바라는 호사스러운 꿈은 손자들이 더 크는 몇 년 후에나 기약할 수 있을지 모르겠다.

× 2013. 11 ×

김장을 담그는 일에서도 나야 늘 어설픈 조수 역할을 벗어나지 못하고 대부분은 내자가 주도적으로 한다.

요즈음은 절임배추를 사다가 김장을 담그면 고생을 덜한다는데, 아직도 넉넉지 못하던 시절의 흔적을 털어내지 못해서인지 우리는 김장 하나에도 이렇게 고집을 부리고 있다.

그런데 손가락을 다쳐 물을 묻히면 안 되는 내자가 내심 걱정스럽다. 사람을 사서 김장을 하자고 권해도 그 사람은 번거롭다며 기어이 혼자 강행군을 하고 만다. 천천히 나눠서 일을 하지 못하고, 소나기처럼 몰아서 하는 버릇이 있는 내자는 이런 큰일을 치르고 나면 며칠씩 몸살을 앓곤 한다.

김치 얻어먹는 사람들에게 별로 고맙다는 소리도 못 들으면서 해마다 이렇게 무리를 하는 속내가 무엇인지 참 딱하기도 하다. 어쨌든 올 겨우살이 준비 하나를 마쳤으니 큰 시름 하나는 덜게 되었다.

김장 때문에 주말동안 아파트로 쫓겨났던 휘수가 다시 집을 찾아왔다. 유치원 버스에서 내리자마자 인솔교사에게 늘 하던 인사도 생략한 채, 뒤도 안 돌아보고 할아비 품으로 달려든다.

밤마다 할머니 할아버지 생각이 많이 났다는 말로 또 할아비 가슴을 저미게 만든다. 그동안 만만한 말상대였던 할미 할아비가 심심해 했을까 봐 그러는 것인지, 하루만 떨어져 있다 돌아와도 아이는 훨씬 더 말수가 많아진다.

유치원 가방을 벗어놓자마자 평소에 하던 대로 할아비가 묻는다.

이른바 기억력 테스트인 셈이다.

"오늘 '언어전달'은 뭐지?"

"〈바르게 말해요〉예요."

조금도 주저하지 않고 재빨리 응수한다. 대답이 틀림없을 줄 빤히 알면서도 이럴 때마다 할아비는 아이의 비상한 기억력에 찬탄을 금치 못한다.

"할아버지, 이번 학예발표회에 꼭 와야 해요."

"암, 우리 휘수 무용하는 걸 응원하러 가야지."

이렇게 진지하게 권하는 주연급 무용수의 초대를 거절할 할아비가 어디 있겠는가? 작년 학예발표회 때 찍은 테이프를 봐도 우리 휘수는 단연 돋보이는 춤 솜씨를 유감없이 발휘했었다. 관객들을 향해 앙증맞게 엉덩이를 흔들 때는 한바탕 폭소가 터져 나왔다. 그 무렵 아이가 감기 기운이 있어 발표회 참가를 망설이자, 유치원 담임선생은 주연급인 휘수가 빠지면 발표회가 엉망이 된다며 참가를 강권하기까지 했었다.

다음 달로 예정된 발표회를 앞두고 아이는 요새 무용 연습이 한창이다. 오늘은 연습 중에 잘한다며 상으로 사탕을 받았다고 자랑하기도 했다. 그것도 혼자만 받았다고 의기양양했다. 저녁상을 물리고 나면 아이의 골수팬인 늙은 두 관객 앞에서 아이는 멋진 율동을 선보인다.

요즘 한창 유행한다는 '크레용팝'의 노래 '빠빠빠'에 맞춰 어쩌면 저리도 유연한 동작으로 춤을 추는지, 이 깜찍한 모습이 오래오래 눈에서 떠나지 않을 것 같다.

2013. 11. 24

누가 자매 아니랄까 봐

주말을 맞아 작은 손녀 유수가 보고 싶어 전화를 걸었다. 오늘로 꼭 20개월이 되었다. 휘수는 태어나서 지금까지 줄곧 우리 집에서 같이 지내니까 그래도 덜 짠한데, 유수는 태어난 지 불과 넉 달도 안 되던 때부터 어미와 떨어져 지냈다.

지금도 어미가 출근하는 아침 일찍부터 선잠을 깨 어린이집으로 향하는 아이라서 생각할수록 그 애잔한 마음을 가눌 길이 없다. 할아비가 보고 싶지만 누가 데려다주지도 않으니 의사표현이 서툰 어린 것이 얼마나 답답할까?

늘 사랑에 목마른 아이는 주말이나 돼야 겨우 만나는 할아비에게 꼭 달라붙어 어리광이 심하다. 요새는 주로 책을 가지고 와서 읽어 달라고 조르거나 카드놀이를 즐긴다. 말은 서툴지만 무엇이냐고 물으면 그림을 보고 어김없이 맞춰 내는데 기특하다기보다는 짠한 마음이 앞선다. 제 언니처럼 제대로 돌봐 주지도 않았는데 언제 그리 배웠는지 할아비는 늘 애틋한 마음뿐이다.

아이의 어미는 요즘 유수의 어린이집 근황을 설명해 준다. 담임교사의 말에 의하면, 유수가 조수 노릇을 톡톡히 한다고 한다. 어린이집에는 고만고만한 아이들이 열 명도 넘는다는데, 각자 사물함이 따로 있는 모양이다. 아이들이 대소변을 보고나서 기저귀를 갈아줄 때면 누가 시키지 않아도 유수가 나서서 그 아이의 사물함에서 기저귀나 옷을 찾아다 선생님에게 갖다 준다는 것이다.

아직 글자는커녕 말도 잘 못하는 아이가 그 많은 아이들의 사물함이 누구 것인지 정확히 알아서 물건을 찾아다 주는 게 너무 신통하다며 선생님들의 귀여움을 독차지한다고 한다.

제 언니도 어린이집에서 선생님 흉내를 잘 내는 조교라고 소문이 났었는데, 누가 자매 아니랄까 봐 어쩌면 그런 것마저 이리 닮아 가는지 모르겠다. 누가 일부러 가르쳐 준 것도 아닌데 이런 행동을 하는 것은 타고난 성정이 아닌가 싶다. 머리도 영민하지만 남의 어려움을 그냥 지나치지 않는 고운 심성을 지녔다는 증좌가 아닐까?

2013. 11. 30

× 2013. 11 ×

2013년

그냥 이대로 있고 싶어
뉘집 딸이 저렇게 잘한대요?
하빠, 똥!
딸의 호출
할머니랑 할아버지 만나지 말래요
밥은 굶지나 않은지?
그래도 그대로 둬요
꿈에 아이들을 만났어요
나 아가 때도 언니처럼 행동했어요?
내 나이가 어때서
우리에겐 가장 멋진 성탄절 공연
아찔한 순간
아가, 울지 마라 내일 또 보자
까우 까우
생김새는 분명히 이 집 물색인데
몇 밤 자면 여섯 살이에요?

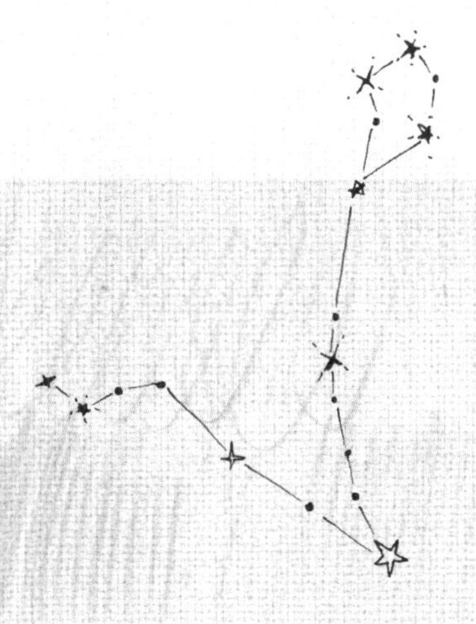

그냥 이대로 있고 싶어

며느리가 연수를 받으러 1박2일 동안 서울로 출장을 떠났다. 이럴 때면 자연스레 아비와 유수가 우리 집에서 지내게 된다. 휘수는 전형적으로 여성스러운 성격이라 없는 듯이 조용히 지내는데, 유수가 나타나면 집안 분위기가 사뭇 달라진다. 집안 구석구석을 들쑤시고 다니는 통에 아이의 손이 닿는 곳마다 물건의 위치가 바뀌고, 바닥에는 온갖 것들로 어질러져 발 딛기도 힘들 지경으로 변한다.

아이들이란 가만히 있는 것보다는 많이 움직이는 게 성장 발육에 좋다는 말도 있지만, 뭐든지 정리정돈이 안 된 걸 용납하지 못하는 내 성미로는 지켜보기 힘든 광경이다. 집안이 어질러져 있으면 아이가 다치기라도 할까 봐 아이 뒤를 졸졸 따라다니면서 치워야 마음이 놓인다. 열심히 뒤쫓지만 아이의 몸짓을 따라잡기에는 너무 벅차다.

말썽을 부리긴 해도 모든 걸 귀엽게만 봐주려는 할아비지만 어떨

땐 걱정이 앞선다.

아이의 평소 하는 짓이 부잡스럽다는 걸 너무 잘 아는 며느리는 연수중에도 틈틈이 전화로 아이의 동태를 살피며 우리에게 미안해한다. 아이가 하도 부산하게 돌아다니니까 잠들 때까지 어른들은 한시도 아이 살피는 걸 게을리 할 수가 없다.

그런데 정작 문제는 뒤늦게 찾아왔다. 그렇게 잘 놀던 아이가 밤이 되자, 쉬이 잠을 이루지 못하고 어미를 찾아대는 것이다. 밤이 되면 이런 일이 생길 것을 예상하지 못한 건 아니지만, 막상 닥치고 보니 참 난감하기 그지없다. 밤이 깊도록 보채는 바람에 부부는 교대로 아이를 업어 주며 재우려 하는데 좀체 효과가 없어 애가 탄다.

덩달아 큰 애마저 울며 보챈다. 큰아이는 제 동생과 같이 있으면 아직도 시샘이 심하다. 평소에는 동생을 끔찍이 아끼지만 제게 관심이 조금이라도 소홀한 것 같으면, 떼를 쓰며 어깃장을 놓는다.

내일 새벽같이 출근할 아이 아비에게 맡길 수도 없다. 12시가 다 되어 겨우 아이를 뉘었는데, 워낙 잠버릇이 사나워 몸의 위치가 수시로 바뀐다. 아이가 다치기라도 할까 봐 신경을 쓰다 보니 잠을 설치고 말았다. 밤새도록 시달린 터라 아침이 돼도 몸이 천근같이 무거워 일어나기조차 힘들다. 내자는 녹초가 되어 몸을 제대로 가누지도 못한다.

단 하루만 어미가 없어도 이럴진대, 어미 없이 손자 키우는 조손가정 조부모들의 고충이 눈에 선하다. 없는 어미를 찾아대는 손자들도 불쌍하고, 어미를 대신할 수 없는 그 조부모들의 안타까움은 또 얼마나 클까?

아직도 한 고비가 남아 있다. 아이들을 유치원에 등원시킬 일이 만만찮은 과제인 것이다. 도대체가 밥을 먹지 않으려 하니 보통 큰일이 아니다. 뭘 좀 먹어야 감기약을 먹일 텐데 두 놈 다 한사코 먹기를 거부한다. 몸을 씻기고 옷을 갈아입히는 일도 예삿일이 아니다. 특히 작은 놈이 막무가내로 버티면 천하장사도 그 고집을 꺾기는 힘들게다.

어찌어찌해서 겨우 아이들을 유치원에 보내고 10시가 다 돼서야 부부는 때늦은 아침상을 마주한다. 유수가 집에 온 어제 저녁 무렵부터 지금까지 참 길고 긴 시간이 흘렀다. 전에 아이 둘을 돌보던 때가 아득하게 느껴진다. 새삼 이렇게 힘겨운데 그때는 어떻게 지냈던가 싶다. 이렇게 몸이 못 견디는 걸 보면 그 사이에 우리가 참 많이 늙어버린 것 같다.

문득, 며칠 전에 휘수가 한 말이 생각난다.

"휘수는 빨리 안 클래요. 휘수가 크면 할아버지 할머니가 늙어버리잖아요? 늙지 마세요. 할아버지 할머니 죽으면 휘수는 어떻게 살아요?"

손자의 말에 가슴이 뭉클해지는 감동으로 빠져든다. 아이 말대로 나도 늙지 않고 아이도 그냥 이대로 있다면 좋을 텐데.

2013. 12. 5

뉘집 딸이 저렇게 잘한대요?

오늘은 휘수의 학예발표회 날이다. 학예발표회는 일 년을 마무리하는 큰 행사라 아이들뿐만 아니라 학부모들도 신경을 많이 쓰는 날이다.

아이는 한 열흘 전부터 이 날을 손꼽아 기다렸다. 하룻밤을 자고나면 하루씩 줄어드는 날짜를 확인하느라 덕분에 셈 공부를 해 보곤 했다. 어젯밤에는 준비물도 꼼꼼하게 점검하고 할미 할아비 앞에서 마지막 리허설까지 마쳤다.

사람들은 우리 휘수를 보고 '천생(天生) 여자'라는 말을 많이 한다. 커 갈수록 여성스러운 면이 두드러지는 아이다. 가지고 노는 장난감은 물론, 머리나 얼굴 손질에서 옷 입는 것까지 어찌나 꼼꼼하게 멋을 부리는지 어른들도 혀를 내두를 지경이다.

× 2013. 12 ×

"내일은 발표회가 있으니까 일찍 일어나야 한다."

며 어젯밤에는 일부러 일찍 잠자리에 들었던 아이다. 아침에 어른들보다 일찍 일어나더니 할미와 어미를 졸라 얼굴 화장까지 세밀하게 주문한다.

눈썹과 코는 반짝거리게 하고 입술은 빨간 색으로 칠해 달라고 조른다. 밥을 잘 먹어야 학예발표회를 잘할 수 있다고 달래자, 오늘 아침은 평소와 달리 음식 타박도 하지 않고 주는 대로 잘 먹고 씩씩하게 등원했다.

아이의 아비는 2시간 전부터 서둘러 발표회장에 도착해서 가장 잘 보이는 무대 앞좌석으로 자리를 잡았다. 카메라 삼각대도 거치해 놓고 아이의 일거수일투족을 놓치지 않고 카메라에 담는다. 이건 비단 우리 집만 그런 게 아니고 대부분의 부모들이 비슷한 극성을 떨어댄다.

큰딸을 응원하려고 두 살배기 작은딸까지 식구가 총출동했다. 예상했던 대로 휘수의 춤 동작은 그야말로 군계일학(群鷄一鶴)격이었다. 다른 아이들이 대부분 흉내만 내는 수준에 머무는 반면, 휘수는 멜로디나 가사의 내용을 확실히 이해하고 세련된 동작을 선보인다. 그렇게 열심히 연습하더니 역시 그 결과가 남다르다. 내자는 이런 손자가 자랑스러워 내내 웃음을 감추지 못한다.

"뉘 집 딸이 저렇게 잘한대요?"

내자도 나도 주위에서 이런 말이 들리는 듯 착각하고 있는지 모른다. 내자는 남들을 붙들고 떠들 수도 없으니 만만한 할아비에게 자꾸만 흐뭇한 눈짓을 보낸다.

발표회가 끝나고 귀가하는 차안에서도 할미는 그 여운이 남아 손녀 자랑에 끝이 없다.

"우리 휘수 좀 보세요. 우리 집안에 참 똑똑한 아이가 나왔지요? 어쩌면 그렇게 춤을 잘 출까요? 무대 뒤로 퇴장할 때 활짝 웃으며 손 흔드는 여유를 부리는 것 보았지요? 노래도 잘 부르고 춤도 잘 추니까 가수나 발레리나가 되려나 봐요. 아니 말을 잘하고 얼굴도 예쁘니까 아나운서가 될까요?"

혼자만 떠들게 하면 무안해 할까 봐 나도 맞장구를 쳐 준다.

"휘수는 아마 무대 체질인가 봐. 아까 보니까 우는 아이들도 있고, 장난치고 딴짓 하는 아이들이 많던데, 우리 아이는 아주 여유있게 잘하더구만. 바른 말을 하도록 교정해 주면 단번에 알아듣는다니까."

"우리 휘수는 어학에도 소질이 있어 보이니까 내년부터는 영어학원에도 보냅시다. 아무개네 손자도 영어 학원에 다닌 덕을 톡톡히 본다잖아요?"

어린이 영어 학원 교습비가 만만치 않다던데 그 돈을 어떻게 감당하려고 저러시나?

'할아버지의 경제력이 아이를 잘 가르치는 중요한 요소가 된다.'는 속설을 그대로 믿는 사람이 많은 세상이다. 그런 할아버지와는 한참 거리가 먼 나는 그 말이 몹시 귀에 거슬리고 속이 뒤틀린다. 황금만능주의는 우리 인류가 오래 전부터 경계해 오던 생각이지만, 그것을 멀리하는 이는 거의 찾아볼 수 없는 세상이 되어 버렸다.

어쨌든 과장이 심한 사람을 빗댄 말 중에는 '분다 분다 하니까 왕겨 석 섬을 분다.'는 속담도 있다지 않은가? 이러다가 저 할매의 욕심이 어디까지 튀어 오를지 모르겠네. 이쯤에서 내가 얼른 입을 다물어야지.

아들은 집에 돌아오기 무섭게 촬영한 동영상을 내 컴퓨터에 옮긴다. 그 깜찍하고 사랑스러운 모습을 언제든지 다시 꺼내볼 수 있게 배려해 준다. 이럴 때는 아비 마음을 잘 알아주는 영락없는 효자 노릇을 톡톡히 한다. 아마도 나는 백 번이고 천 번이고 이걸 들여다본다 해도 결코 물리는 법이 없을 것이다.

어쨌든 오늘은 큰손녀 덕분에 온 가족의 기분이 한껏 들뜬 날이었다. 손녀의 앞날을 축원하는 할매의 간절한 소망이 꼭 이루어지리라!

2013. 12. 7

하빠, 똥!

평소에 유수는 주로 주말에만 할아비를 찾아오지만, 이번 주에는 거의 매일 나와 같이 지냈다. 어제는 바닷가 부안에서 제 부모랑 언니와 함께 하룻밤을 지내고, 오늘 오후에야 집으로 돌아왔다. 아이는 언니 못지않게 할아비를 잘 따른다. 아니, 그보다 훨씬 더 무서운 강적이다. 같이 있으면 할아비에게 달라붙어 귀찮게 굴지만, 잠시만 떨어져 있어도 다시 보고 싶어질 만큼 귀여우니 말이다. 나랑 같이 있으면 제 부모도 할미도 눈에 들어오지 않는 모양이다.

내 손을 붙잡고 가고 싶은 데로 끌고 다니기는 예사고, 제가 갖고 싶은 물건이나 과자 따위도 꼭 할아비가 꺼내 줘야 한다. 책을 보는 것도 할아비와 같이 하려 하고, 공놀이도 마찬가지고, 숨바꼭질도 그렇고, 밥을 먹을 때도 할아비 무릎에 앉아야 한단다. 심지어는 똥을 쌀 때도 할아비만을 찾는다.

제 언니보다 30개월 뒤에 태어난 작은놈은 30개월 전에 제 언니가 하던 대로 할아비에게 똑같은 일을 반복하게 만든다. 둘이 서로 짜고 한 것도 아닌데 어떻게 이렇게도 하는 짓이 똑같은지 도대체 모를 일이다. 하긴 지금도 큰 녀석은 대소변이 마려울 때마다 할아비를 찾는다.

"하빠, 나 지금 급해요!"

작은아이는 제 어미가 화장실로 데려가려 하면 뿌리치고 얼른 할아비에게 달려온다.

"하빠, 똥!"

제 엉덩이를 가리키며 똥이 마려우니 빨리 화장실로 데려가 달라는 소리다. 세상에 이렇게 짧은 말 한마디로 할아비를 종 부리듯 하는 놈이 있다니…….

아이전용 변기에 앉히면 똥을 다 쌀 때까지 제 곁에 있어 달라고 한다. 제 손을 꼭 잡고 '응가' 소리를 내며 같이 힘을 써 줘야 한다. 아이는 심한 변비로 이틀 동안이나 똥을 못 싸서 많이 보챈다. 그래서 똥이 다 나올 때까지 열 번이고 스무 번이고 '응가'를 복창하노라면 똥도 마렵지 않은 나는 영락없이 억지춘향이 노릇을 하는 꼴이 돼 버린다. 물론 엉덩이도 씻겨주고 배설물까지 깨끗하게 뒤처리를 해야 내 임무가 끝난다.

똥 싸는 아이의 표정에서 아이의 기분을 읽어 내기도 한다. 배변이 잘될 때는 얼굴에 꽃이 핀 것처럼 환하지만, 변비가 심할 때는 내 손을 힘주어 잡으며 끙끙 앓는 소리를 내는데 얼마나 고통스러워하는지 보기에도 안타깝다.

오늘은 엉덩이를 닦아주다 보니 휴지에 피가 묻어났다. 어린 것이 변비로 얼마나 시달렸으면 이럴까 싶어 속이 많이 상한다. 물이나 우유, 요구르트를 많이 먹여야겠다. 늙은이 잔소리가 귀에 거슬리겠지만, 아이 음식에 신경을 쓰라고 아들 내외에게 단단히 주의를 줘야겠다.

아이가 똥을 싸면 예리하던 내 코의 후각 기능은 잠시 정지 상태에 들어간다. 그걸 고약한 냄새라고 인식한다면 할아버지 코로서는 자격미달일 것이다. 아이가 배설의 쾌감을 만끽할 수 있게 도울 수 있다면 무슨 짓이든 못하랴. 똥치우기보다 더한 것도 할 수 있을 것이다. 내겐 이것이 찌든 세상의 시름을 단 한방에 잊게 만드는 홍복이니까.

세상에는 참 별의별 일이 다 있다지만 두 살 아이 손에 붙잡혀 화장실까지 질질 끌려다니는 할아버지 꼴이라니. 이럴 때마다 할미는 아이의 하는 짓이 재미있어 배꼽을 잡으며 나를 놀려댄다. 시아비에게 이런 황당한 꼴을 당하게 한 것이 미안한 며느리는 처음 몇 차례는 몸 둘 바를 몰라 하더니, 이제는 하도 익숙해져서 그런지 별로 어려워하는 것 같지도 않은 눈치다.

2013. 12. 8

딸의 호출

오늘은 올 겨울 들어 가장 쌀쌀한 날씨다. 산골은 오후 다섯 시만 돼도 밤처럼 어두워진다. 휘수도 없는 적막한 집안에는 웃음이 사라져 버렸다. 늙은 부부가 아무리 마주 봐도 웃을 일을 찾기 힘든 요즘이다.

우리 부부는 이른 저녁식사를 마치고 텔레비전 시청을 하고 있었다. 9시가 조금 넘은 시각, 전화벨이 울린다. 밤에 오는 전화라 달갑지 않게 받았는데 전화기 너머로 딸의 다급한 목소리가 들린다.

외손자 겸이가 갑자기 열이 심해 응급실에 실려 갔다는 전갈이다. 사위가 아이를 병원으로 데려갔는데, 아이가 비몽사몽간에 자꾸 제 어미를 찾으며 운다는 것이다. 그러니 친정어미더러 빨리 와서 작은 아이를 봐달라는 전화였다.

몇 시간 전에 있었던 부부 모임에서 자연스럽게 자식들 혼담 이야기가 흘러나왔는데, 아직 한 번도 자식의 결혼을 성사시키지 못한 어떤 이가 혼사를 다 마친 나를 부러워한다고 말했다.

나는 손사래를 치며 극구 부인했다.

"그런 말 하지 마소. 자식이란 죽는 날까지 돌봐 줘야 하는 존재라네. 결혼해서도 끝도 없이 사후봉사를 해 줘야 한다니까."

좌중은 내 말에 모두 고개를 끄덕였다.

친정집과 가까이 사는 딸은 걸핏하면 친정어미를 찾아댄다. 그때마다 내자는 성치 못한 삭신을 이끌고 군말 없이 딸의 호출에 달려가곤 하는 것이다.

오늘은 늦은 밤에 내자 혼자만 보낼 수 없어 나도 따라나섰다.

딸은 병원으로 달려갔고 내자와 둘이 딸네 집에 남아 작은아이를 돌본다. 아이는 이제 태어난 지 갓 한 달을 넘겼다. 아직도 울긋불긋한 열꽃이 피어 있는 둘째 외손자 '담(潭)'이가 외할아비 품에서 새근새근 잠든 모습이 왠지 낯설기만 하다.

우리 유수가 벌써 20개월도 넘었으니 참으로 오랜만에 갓난이를 안아 보는 셈이다. 어깨에 밀려오는 통증을 참아가며 유수를 안을 때마다 이 아이가 내가 돌보는 마지막 아이라고 생각했었다. 그런데 이렇게 다시 갓난이를 안게 될 줄은 꿈에도 몰랐다.

내자는 능숙한 솜씨로 아이의 기저귀를 갈아 주고 미리 짜둔 어미젖을 먹인다. 아직도 그 솜씨는 여전하구나! 그저 본능처럼 하는 노련한 저 동작에 나도 모르게 숙연해진다. 이래서 생명은 다 소중한가 보다.

이 작고 여린 것이 언제 자라서 제 형과 누나들처럼 우리를 웃게 해 줄까? 그런 날이 올 때까지 아이의 어미는, 또 우리는 얼마나 애태우며 기다려야 할까? 앞일을 생각하면 참으로 아득할 따름 이다.

아이는 지금 불과 4.8kg 무게지만, 조심조심 안으려다 보면 16kg이 넘는 겸이를 안아 주는 것보다 훨씬 더 어깨에 힘이 들어간다. 우리 겸이에게도 분명히 이런 날이 있었는데…….

2013. 12. 16

할머니랑 할아버지 만나지 말래요

뭔가 속이 뒤틀린 아들놈은 제 큰 딸을 저희가 사는 아파트로 데려갔고 아이들의 물건까지 가져가 버렸다. 손녀들을 못 본 지 벌써 1주일도 넘었다. 밖에 나갔다 집안으로 들어서면 아이들 물건을 다 치운 탓에 휑해진 집안 풍경이 한없이 낯설게만 느껴진다. 거실 벽 저쯤에는 활짝 웃는 손녀들 사진이 걸려 있었고, 저기 저 구석에는 아이들 장난감통이 놓여 있었는데…….

지금도 고개만 돌리면 겁도 없는 작은 녀석이 미끄럼틀을 거꾸로 타고 내려오며 깔깔대던 소리가 들리는 듯한데…….

운동하러 오가는 길목에 유치원이 있어 마음만 먹으면 얼마든지 휘수를 만나 볼 수도 있지만, 애써 참고 있다. 그 앞을 지날 때마다, '창 너머로 슬쩍 보고 갈까, 불쑥 안으로 들어가서 꼭 안아 줄까?' 하는 생각이 간절하지만 손녀들을 만나지 말라는 아들놈의 행실머리가 하도 괘씸해서, 이번에야말로 마음을 단단히 먹어야겠다고 다짐한다.

아들은 천성이야 그리 모질지 못한 놈이지만, 살갑지 못한 성미 탓에 잊을 만하면 한 번씩 가족들 속을 태우곤 한다.

내자도 이번만큼은 그 충격이 너무 컸던지 우울 증세까지 보이는 듯하다. 아예 수저도 들지 못해 자꾸만 몸이 야위어 가고 밤에는 잠까지 설친다. 그렇잖아도 안 좋은 병으로 고생하는 판에 이러다 다른 합병증에라도 시달리게 되는 건 아닌지 모르겠다.

이런 판국에도 그 사람은 손녀 생각뿐인가 보다. 하도 입맛이 없어하기에 외식을 하러 데리고 나갔는데, 돌솥 밥의 누룽지에 물도 붓지 않고 긁더니 손자들이 좋아한다며 비닐봉지에 따로 싸고 있다.

언제는 누가 다 본 어린이 동화책을 모아두었다고 하자, 동화를 좋아하는 우리 휘수에게 갖다 주어야겠다며 바리바리 챙기기도 한다.

나라고 해서 다를 게 없다. 나는 오늘도 아이가 귀가할 시간에 맞춰 창밖을 내다보며 노란 버스를 기다린다. 안 올 게 빤한데도 혹시나 아이가 활짝 웃으며 집안으로 뛰어들지 않을까 행복한 상상을 해보며.

버스가 도착하고 뒷집 아이들이 다 내렸는데도 휘수의 모습은 찾아볼 수 없다. 아이는 오늘도 제 어미 손에 이끌려 가기 싫은 '청솔아파트'로 가 버린 것이다.

이틀 전 밤에 아이에게서 전화가 왔었다. 할미 할아비가 보고 싶다고 하도 성화여서 견디다 못한 제 아비가 살짝 전화를 걸어 주었나 보다. 할미와 통화하는 걸 옆에서 듣고 있다 얼른 나도 바꿔 달라고 해서 몇 마디 나누었는데 아이의 목소리에 힘이 하나도 없어 보였다.

나중에 들어보니 제 할미에게,

"아빠가 할머니랑 할아버지 만나지 말래요." 라고 했단다.

2013. 12. 17

밥은 굶지나 않는지?

첫사랑 소녀를 짝사랑하다 열병에 시달린 적이 있었지만, 그때도 지금처럼 이렇지는 않았다. 손녀들은 직선거리로 1킬로미터도 안 되는 아랫동네에 산다. 마음만 먹으면 얼마든지 찾아가 볼 수도 있다. 그런데도 몸은 마음을 따라가지 못한다. 이건 상사병보다도 더 진한 아픔이다.

지금 내게 소박한 꿈이 하나 있다면 남은 여생동안 그저 조용히 손자들 커 가는 모습을 바라보며 살고 싶은 것이다. 그런데 내겐 그런 작은 꿈마저도 사치인가? 늘그막에 이런 아픔이 찾아올 줄은 몰랐다. 그래서 사람은 오래 사는 것이 결코 축복이 아니라고들 한다. 세상을 오래 살다 보면 좋은 일보다는 험한 일로 인해 받는 상처가 더 크다고 했다.

오후 다섯 시만 되면 나도 모르게 눈길이 창 앞으로 향한다. 오늘도 노란 버스는 우리 집 앞을 그냥 지나쳤다. 넓은 거실 창 너머로 어둑해진 산골풍경을 넋 놓고 바라본다. 군데군데 불 켜진 아랫동네 아파트촌이 눈에 가득 들어온다. 저기 어딘가에 보고 싶은 내 손녀들이 살고 있다.

지금쯤 집에 도착해서 놀고 있을까? 울며 보채지는 않을까? 통 밥을 못 먹던 아이들인데 요새 밥이라도 잘 먹는가? 감기를 달고 사는 아이들이 추워지는 날씨에 괜찮은지나 모르겠다. 느긋하지 못한 성미의 제 아비 놈에게 또 야단맞고 울고 있지나 않을지.

불과 십여 일 전만 해도 이 시각이면 유치원을 다녀와 할미 할아비와 정답게 웃음꽃을 피우곤 했었지.

부엌에서 저녁을 준비하던 내자가 흘깃흘깃 거실 쪽을 훔쳐본다. 없는 아이가 놀고 있기라도 한 것처럼. 아이도 지금 할미 할아비를 생각하고 있을까? 아니면 이게 나만의 짝사랑일까?

저녁상을 받아 보니 밥그릇이 달랑 하나만 놓여 있다. 내자가 또 입맛이 없다며 안방으로 들어가 버린다. 손녀 없는 밥상에 또 울컥한 모양이다. 전 같으면 손녀와 셋이 밥상머리에 앉아 도란도란 이야기꽃을 피웠는데, 아이의 빈자리가 너무 휑하다.

식사 때마다 내자는 자신의 밥은 항상 뒷전이고 밥을 잘 안 먹는 손녀를 어떻게든 먹여보려 무던히도 애를 썼다. 때로는 눈을 부라리며 어르고, 때로는 한껏 부드러운 말로 달래 가면서.

더운밥은 호호 불어서 적당히 식혀 주었고, 매운 김치는 물에 씻어서라도 꼭 먹였다. 때로는 억지웃음으로 아이를 웃겨 가면서 아이의 시장기를 면하게 해 주었다. 자신은 아이가 다 먹은 다음에야 겨우 식은 밥을 떠 넣었다. 힘겹게 아이 밥을 먹이고 나면 한 끼 목표는 달성했다는 듯 안도의 한숨을 내쉬며 좋아했다.

내자는 늘 손녀의 식단 짜기에 고심했다. 빈혈에 좋다며 비싸서 먹기 힘든 쇠고기도 가끔 해 먹였다. 아이의 영양을 고려해서 각가지 과일이나 야채도 골고루 먹이려 무척 신경 쓰곤 했다. 아무리 시간에 쫓겨도 아이에게 뭐든 꼭 먹여서 보내려고 애를 썼다. 그러니 아이의 어미가 이런 지극정성의 할미만큼 신경을 쓰리라곤 생각하지 않는다. 아이는 아마 제 부모 밑에서 제대로 먹지도 못 하고 있으리라.

직장생활 하느라 바쁜데다 워낙 음식 솜씨도 없는 어미인지라 뭘 제대로 얻어먹기라도 하는지 걱정이다. 아침 출근 시간에 쫓겨 아침 식사는 거의 굶길 테고, 또 저희들 편리한대로 인스턴트식품 위주로 때우려 할 것이다. 한창 자랄 아이들의 식습관을 저런 식으로 물들이면 나중에 아이들 건강은 어떻게 책임질 것인지, 그걸 알고도 아무것도 할 수 없는 나는 착잡하기만 하다.

내자나 아이의 입맛을 되돌아오게 하는 방법은 아이가 집으로 되돌아오는 것 딱 하나밖에 없는데, 아무래도 그건 지극히 어려운 일일 것 같다.

2013. 12. 18

그래도 그대로 둬요

어머니가 하늘로 가신 지 꼭 30년이다. 어머니와 사별하고 슬픔을 견디지 못하던 아버지도 3년 뒤 어머니를 따라 가셨다. 두 분은 우리나라의 굴곡진 현대사의 한가운데에 태어나 온갖 풍상을 온몸으로 받아들인 박복한 세대였다. 그 고단한 시절 이 땅의 민초들이 대개 그랬듯이 두 분도 단 한 번 시류에 편승하고자 하는 융통성 없이, 그저 선하디선하게만 살다 가셨다. 자식들이 효도할 날도 못 기다리고 오랫동안 중병만 앓다 고통 속에 살다 가신 분들이다.

그분들은 생애 마지막 순간까지도 손자들이 눈에 밟히셨던 게다. 오랫동안 투병하신 어머니의 몸은 마른 나뭇가지나 다름없었는데 그런 삭신으로 떠나시기 불과 며칠 전까지도, '오리가 보고 싶다'는 3살 손녀를 혼신을 다해 업어 주셨다.

아버지의 경우도 마찬가지였다. 돌아가시기 전 마지막으로 일기장에 쓰신 '더 살고 싶다'는 대목은 볼 때마다 내 가슴을 찢어 놓곤 한다. 아마도 사랑하는 손자들과 더 오래 지내지 못한 진한 아쉬움을 표현한 것이리라.

오늘은 두 분의 합동 기일이다. 그런데 서울에 사는 동생 넷 중에 단 하나도 오지 않았다. 누구는 종교적인 이유로, 또 다른 놈들은 오가는 번거로움이 귀찮아서란다. 나도 이제는 안 오는 게 더 익숙해졌다.

같은 전주에 사는 아들과 딸도 나타나지 않는다. 아들놈에게는 서운한 게 남아서, 딸은 출산한지 얼마 안 돼 알릴 수가 없었다.

결국 늙은 내자와 단 둘이 제사 준비를 했다. 환갑이 넘은 늙은 아들과 몸도 성치 못한 늙은 며느리가 제사상을 차리고 절을 올린다.

두 분 제사상 앞에 작은 밥상이 하나 차려졌는데 그 상에 아이 숟가락이 하나 놓여 있다. 내자는 세 살 때 죽은 나의 형도 불렀다고 말한다. 내가 태어나기도 전에 요절했으니 얼굴도 모르는 형이다. 젊은 부모 가슴에 큰 짐을 지워준 안타까운 첫아들. 그런 형을 생각해 주는 내자의 마음 씀씀이가 눈물이 날만큼 고맙다.

제사상 앞에 앉아 부모님들의 직계 자손이 몇인지 가만히 더듬어 본다. 죽은 형과 나, 그리고 여동생 셋에 남동생이 하나다. 손자로는 나의 아들 딸, 그리고 큰 여동생의 딸이 둘이다. 여기에 부모님의 증손자들이 다섯 더해지고 며느리와 사위 그리고 손자며느리와 손녀 사위까지 합치면 모두 스무 명. 그러니 오늘 같은 날 이 자리에 참석해야 할 자손이 그만큼인 셈이다. 허나 그중에서 오늘 행사에 참석한 사람은 우리 부부 뿐이다. 부모님께 너무 큰 죄를 저지른 것 같아 깊은 자괴감에 빠진다. 나는 집안 장손으로, 또 가장으로서 누려야 할 최소한의 체면마저 잃고 말았다.

전통적인 유교 예절은 오래 전에 이미 우리 마음속에서 사라져 버렸다. 그나마 흉내라도 내는 건 우리가 마지막 세대일 것이다. 굳이 싫다는 놈들에게 애걸하면서까지 유가(儒家)의 도를 강요할 생각은 없다. 아무리 사후세계가 있다 한들, 나는 후손들에게 제사 대접을 못 받더라도 결코 서운해 하지는 않을 생각이다.

초저녁에 약식으로 제사를 일찍 마치고 쉬기로 했다. 이제는 제사 치르는 것도 힘에 부친다. 아들 며느리 손자들까지 둔 이 나이에 거들어 주는 사람 하나 없이 늙은 부부 둘이서 제사를 치른다는 게 얼마나 힘이 빠지겠는가.

안방 침대에 누우니 창문 쪽에서 찬바람이 술술 들어온다. 하루 종일 제사 준비에 시달린 내자는 손발이 시리다며 새우등 자세로 눕고 만다. 손녀 침대가 상대적으로 덜 추운 방 안쪽을 차지하다 보니 부부 침대는 창문 가까이 놓여 한기를 더 느낄 수밖에 없다.

무거운 침대를 혼자 옮길 수는 없어 내자에게 상의를 해 본다.

"이제 휘수도 제 아비 집으로 떠났으니 아이 침대를 창 쪽으로 놓고, 우리 침대를 안쪽으로 옮깁시다. 아무래도 추위를 면하려면 그 방법밖에는 없지 않겠소?"

그러자 내자는 이내 안색이 어두워지며 말끝을 흐린다.

"휘수가 또 올 텐데요……."

"떠난 놈이 언제 온다고 그래요?"

"그래도 그대로 둬요……. 며칠 전 휘수랑 통화하면서 할아버지 할머니가 보고 싶다고 울어서 속상해 죽겠어요. 오늘부터 당신이 휘수 침대에서 주무시면 되잖아요?"

할미는 휘수가 다시 돌아오리라 믿고 기다리고 있구나! 실은 나도 똑같은 생각인데…….

2013. 12. 19

꿈에 아이들을 만났어요

유난히 나를 잘 따르던 후배의 아들 결혼식에 다녀왔다. 내자는 식사를 하면서도 같이 오지 못한 큰손녀를 생각하고 있다. 휘수는 주말마다 결혼식장 갈 데 없느냐고 묻곤 했다. 뷔페식당에서 국수를 실컷 먹고 싶은 아이는 할미 할아비와 동행하는 결혼식장 나들이를 무척 기다렸다.

아이가 좋아하는 국수를 싸 갈 수는 없고, 그 대신 할미는 알록달록 예쁜 무늬를 입힌 떡을 1회용 컵에 담아 가방에 챙긴다.

"오후에 우리 휘수가 올지도 모르니까……."

또 말끝을 흐리며 오지 못할 손녀를 기다리고 있다. 아들놈은 부모에게 한 모진 짓 때문에 염치가 없어서 쉬이 우리 집을 찾지 못할 게다.

내자도 나도 혹시나 해서 자꾸 대문 쪽을 바라보지만 날이 어둑해지도록 아이들은 나타나지 않았다.

이른 저녁식사를 마치고 일찌감치 안방에 자리를 잡았다. 침대에 누워 텔레비전 채널을 이리저리 돌려 보지만 딱히 볼 만한 프로그램도 없다.

에라, 눈이라도 좀 쉬게 하자 싶어 눈을 감고 누웠지만 열흘 넘도록 보지 못한 손녀들 생각이 떠나지 않는다. 생각할수록 속이 쓰리지만 좀체 아이들 생각을 지울 수가 없다. 이렇게 뒤척이다 설핏 잠이 들었는데, 이런 마음이 꿈에도 스며들었는지 여지없이 아이들이 나타났다.

작은손녀 유수는 전과 조금도 다름없이 찰거머리처럼 내게 달라붙는 반면에 휘수는 힐끔힐끔 쳐다보기만 할뿐 할아비에게 다가오지는 않는다.

"아가, 이리 온……."

할아비의 애타는 마음도 몰라주고 아이는 자꾸 멀어진다.

"꿈꿨어요?"

거실에 있던 사람이 언제 들어왔는지 잠꼬대하는 나를 깨운다.

"그래요, 꿈에 아이들을 보았다오."

"실은 나도 어젯밤 꿈에 아이들을 만났어요."

내자의 눈자위가 붉어지더니 어느새 눈물이 가득 고이고 말았다.

2013. 12. 21

나 아가 때도 언니처럼 행동했어요?

오늘은 일요일이고 동짓날이다. 둘뿐인 집안이 너무 적적해서 팥죽이나 사먹으러 가자고 말을 건네자 내자도 선뜻 호응한다. 내자는 한술 더 떠서 손녀들에게 성탄절 선물을 사 주고 싶다고 한다.

열흘도 넘게 아들과 담을 쌓고 지내는 처지라 나는 미처 생각하지도 못했는데, 내자가 큰 맘 먹고 먼저 손을 내밀기로 한 모양이다. 잔뜩 볼멘 목소리지만 내친 김에 아들에게 전화를 건다.

"휘수에게 성탄절 선물을 사 주고 싶다. 곧 너희 집 앞으로 갈 테니까 아이를 데리고 나오너라."

그러자 아들이 군말 없이 바로 응하는 분위기다. 실은 저도 먼저 말을 건네고 싶었겠지만 아비의 심사가 워낙 뒤틀려서 말도 못 붙였던 거겠지.

제 어머니가 먼저 전화를 걸어 주니 내심 반가웠던 모양이다. 한

십 분쯤 지날 무렵 아들에게서 또다시 전화가 왔다. 그 사이에 마음이 변하기라도 했는가 싶었는데 그게 아니었다.

"제 언니가 할아버지 할머니를 만나러 간다는 걸 눈치 챈 작은놈이 잽싸게 옷을 갈아입고 가방까지 매며 저도 따라가겠다고 나서는데 어떻게 하면 좋을까요?"

하며 조심스레 묻는다고 한다. 아니 이렇게 반가울 수가 있나! 두말할 것도 없이 환영이지.

이래서 아들 내외는 빼놓고 아이들 둘을 데리고 외출을 했다. 먼저 음식점에 들러 밥을 먹이고난 뒤 장난감 가게로 달려갔다. 마침 휴일이라 그런지 가게에는 통로를 지나기가 불편할 지경으로 사람들이 붐볐다.

작은놈은 조부모와 함께 하는 나들이 자체에 들떠 있는 것 같다. 신이 나서 이것저것 다 만져 보고 욕심을 낸다. 큰놈은 꼼꼼하게 살피더니 '빵가게 놀이' 장난감을 골랐다.

"진작부터 이걸 사고 싶었어요. 잘 골랐지요?"

이런 인사말은 또 언제 준비했는지 참 예의도 바른 녀석이다.

"아파트로 데려다줄까, 할아버지 집으로 갈까?"

장난감 쇼핑을 마치고 돌아오는 차안에서 큰아이에게 묻자, 무슨 소리를 하느냐는 듯 재빠른 대답이 날아온다.

"할아버지 집으로 갈 거예요." 한다. 작은놈에게도 물어보자 역시 똑같은 대답이다.

"유수야, 엄마한테 갈 거야, 하빠랑 같이 갈 거야?"

"하빠!"

이렇게 해서 손녀들은 열흘 만에 하빠 집을 다시 찾았다. 아이들은 아파트를 나서면서부터 줄곧 신이 나서 들떠 있다. 그런데 집안으로 들어와서는 이상야릇한 표정을 짓는다. 분명히 하빠 집으로 다시 온 건 기쁜 일인데, 이상하게도 전과는 확 달라진 집안 풍경에 놀란 것이다.

작은아이는 아직 표현이 서투니까 지극히 짧은 한마디로 제 속을 내보인다.

"없다. 없다."

고개를 가로저으며 중얼거리는 동생의 말이 답답하게 들리는지 큰아이가 보충 설명을 한다.

"장난감이 다 어디로 갔지?"

"아파트에 있잖아?"

할미의 대답에 아이들은 서운함을 감추지 못한다. 아이들은 장난감이 놓였던 자리와 놀이기구가 있던 곳을 두리번거린다. 작은놈은 퍼즐놀이판이 있던 곳을 가리키며 그 판을 빨리 꺼내 달라고 소리를 지른다. 냉장고 앞으로 가서는 전에 먹던 요구르트를 꺼내 달라고 조르고, 할아비 방 높은 책장 위에 놓였던 사탕도 다시 찾는다.

못 본지 열흘이 넘었지만 아이들은 전과 조금도 다름없이 모든 걸 정확하게 기억하고 있다. 이건 아이들이 한시도 잊지 않고 할미 할아비 만날 것을 생각하고 있었다는 반증이다. 우리가 저희들 생각하는 것 못지않게 아이들도 우리를 보고 싶어 했다는 뜻이리라.

괘씸한 아들놈이 밉다고 몽니를 부리다 이렇게 귀여운 놈들을 못 만나고 애를 태웠다니, 나는 참 몹쓸 할아비가 아닌가?

작은놈은 역시 할아비에게만 꼭 붙어 지낸다. 노는 동안에도 자꾸 할아비가 곁에 있는지 살피는 버릇은 여전하다. 저녁 무렵 잠이 들 때까지도 나만 찾는다. 할미가 업어서 재우려고 해도 끝내 밀쳐내고 할아비 등에만 업히겠다고 한다.

아이를 재우고 곁에서 잠자는 모습을 가만히 지켜보았다. 눈물자국으로 얼룩진 낯이 짠해서 눈앞이 흐려진다. 작은 손을 꼭 쥐어 주었다. 이 어린 것이 그동안 할아비가 보고 싶어 얼마나 가슴앓이를 했을까!

큰놈은 할미 곁에 꼭 달라붙어 쉬지 않고 재잘댄다. 모처럼 들어보는 손녀의 예쁜 목소리가 듣기 좋은 노래인 양 할미의 얼굴에서 웃음이 떠나지 않는다. 아이는 할미에게 몇 번이고 다짐을 받는다.

"할머니, 나 오늘 여기에서 잘 거야."

그러자 할미는 아이의 마음을 떠보느라 아이의 아비를 들먹인다.

"이따 아빠가 너희들 데리러 올 텐데……."

"아빠가 오면 나는 자는 척 할 거야. 유수만 데려가라고 해?

"할머니, 손톱에 봉숭아물 들여 주세요."

손톱에 봉숭아물을 들이면 시간도 오래 걸릴 테니 제 아비가 못 데려갈 거라 생각한 모양이다. 아이의 성화에 할미는 승낙을 하고 말았다. 할미는 오래 전부터 봉숭아꽃잎을 따서 냉장고에 보관해 두었다가 손녀의 손톱에 물을 들여 주곤 했다. 아이는 그걸 기억해 두었다 이렇게 요긴하게 써먹을 생각을 했나 보다.

저녁 무렵 아이의 부모들이 데리러 왔지만 큰놈은 못 본체하며 봉숭아물 들인 손톱만 내려다보고 있다. 작은놈도 가기 싫어하는 건 마찬가지지만 제 어미가 강제로 안아서 집을 빠져나간다. 작은아이는 늘 잘하던 '빠이빠이'도 안 하고 고개를 돌리며 하빠와 헤어지는 서운함을 대신한다.

아이 부모가 돌아가자 마음이 홀가분해진 손녀랑 할미는 주고받는 말에 점점 더 신명이 붙는다.

"할머니, 청솔아파트에서는 내가 애기인 척 못해요."

"그래, 엄마 아빠는 우리 휘수가 언니라서 그러는가 보구나."

"나 아가 때도 언니처럼 행동했어요?"

"……."

할미는 그만 말문이 막히고 만다. 이게 도대체 다섯 살 아이의 입에서 나올 법한 말인가? 순수하고 사랑스러운 내 손녀를 누가 이렇게 어른 말투 쓰는 아이로 만들었을까?

아이는 제 부모들이 아파트로 데려갈까 싶어 몹시 속을 태웠던 모양이다. 긴장 한 탓에 피로가 몰려오는지 7시도 안 돼서 자겠다고 누워 버린다. 부부는 아이를 우리 사이에 뉘고 잠든 놈을 한참동안 들여다본다. 열흘 넘게 아이를 못 봐서 애태우던 날들이 언제 적이었나 싶다.

"이렇게 예쁜 놈을 못 만나다니……."

참 오랜만에 느껴 보는 안도감이다. 다시는 이런 행복을 빼앗기지 말아야지!

2013. 12. 22

내 나이가 어때서

휘수가 우리 집에 돌아온 지 삼일 째다. 오늘 아침에도 환한 얼굴로 유치원 버스를 타면서 할아비에게 다짐을 했다.

"하빠, 나 노란 버스 타고 올 거예요."

유치원이 파하면 부모가 있는 아파트에 가지 않고 할아비 집으로 오겠다는 말이다.

아이가 우리 집으로 돌아온 뒤로 내자의 표정도 눈에 띄게 밝아졌다. 아이의 지나치다싶은 투정에도 전보다 훨씬 더 관대하다. 자꾸 아이를 들여다보며 혼자 웃음을 흘리는 할미의 얼굴이 편안해 보인다. 아들에 대한 서운함 따위는 아이의 재롱으로 다 덮어 버리고도 남는다는 투로 손녀에게 푹 빠져서 지낸다.

내자의 마음의 병이 도질까 봐 염려했는데 손녀가 돌아오면서 씻은

× 2013. 12 ×

듯이 사라져서 얼마나 다행인지 모른다. 할미와 손녀 사이가 전과는 비교할 수도 없이 더 친밀해졌다.

기다리던 아이는 오후 다섯 시가 되자 어김없이 집으로 돌아왔다. 내일은 성탄절이고 모레부터 열흘 동안 방학이라고 한다. 내자와 나는 아이의 방학기간을 어떻게 지낼 것인지 상의를 한다. 유치원에도 안가고 집에서 같이 지내려면 아이가 지루하지 않게 보낼 계획을 잘 짜야 한다.

우선 둘이 오전 오후로 나누어 아이를 돌보기로 했다. 책도 자주 읽어 주고 글씨 공부도 지도해야겠다. 또 가끔 데리고 나가 바람도 쏘이고 맛있는 것도 사 먹여야지.

이런저런 궁리를 하고 있는데 아이의 아비로부터 아이를 데려가겠다는 연락이 왔다. 이렇게 지내다 제 딸을 부모에게 빼앗기겠다고 생각한 건지도 모르겠다. 아비가 딸을 데리러 나타났지만, 아이가 안 따라가겠다고 버티는 바람에 오늘도 헛걸음만 하고 돌아섰다.

아비를 돌려보낸 아이는 더 신이 나서 할미와 꼭 붙어 웃음이 떠나지 않는다.

아이가 할매 무릎에 올라가 끌어안더니 축 쳐진 할미 배를 만지면서 장난을 친다.

"할매 배는 왜 이렇게 뚱뚱해? 손으로 누르면 똥 나오겠네?"

이렇게 버릇없는 손녀의 장난에도 할매는 그저 귀여운지 허허 웃고 만다.

아이의 장난 대상에서 할아비도 예외는 아니다. 안방의 할아비에게도 달려와 장난을 건다.

"하빠, '야- 야- 야-' 해봐?"

한다. 워낙 기발한 착상을 잘하는 아이라서 다음에 또 어떻게 나올지 자못 궁금하다.

"야- 야- 야-"

하자, 곧 아이가 노래를 이어 부른다.

"내 나이가 어때서…… 사랑하기 딱 좋은 나인데……."

요즘 노년들에게 폭발적인 인기를 누리는 유행가다. 한쪽 다리를 들어 올리고 손바닥으로 무릎을 탁 치면서 멋들어지게 한 곡조 뽑더니 한바탕 크게 웃으며 방을 나간다.

2013. 12. 24

우리에겐 가장 멋진 성탄절 공연

오늘은 성탄절이다. 휘수는 어젯밤에도 기어이 할아비 집이기도 하고 휘수 집이기도 한 우리 집에서 잤다. 딸을 제 집으로 데려가지 못한 아이의 아비는 지난 밤 아이 몰래 산타할아버지 선물을 사다 놓고 갔다. 아이는 잠에서 깨어나자마자 머리맡의 '라바' 인형을 보고 얼굴이 환해졌다. 올해도 역시 착한 일을 많이 해서 산타할아버지의 선물을 받는 거라고 생각하는 모양이다.

아침이 되자, 아이의 부모와 유수가 찾아왔다. 유수는 집에 들어서기가 무섭게 하빠부터 찾는다. 내가 이불을 덮어쓰고 자는 척 했더니 가만히 다가와서 이불을 들치며 함박웃음을 터뜨린다. 보고 싶은 하빠를 찾은 안도감 때문이겠지. 언제 봐도 귀엽고 사랑스럽고 짠한 아이다.

아이 부모가 아이들을 데리고 외출을 한다. 놀이시설에도 가고 외식도 하자고 하자 휘수는 군말 없이 잘 따라나선다.

내자는 아이와 떨어져 있는 그 몇 시간 동안을 못 참고 아들에게 전화를 건다. 외출 나갔다 들어와서 피로한지 아이들이 낮잠을 잔다는 전갈이다.

마음속으로 나 자신과 내기를 해본다.

"오늘 밤에 휘수가 아파트에서 잘까, 할아비 집으로 돌아올까?"

결과는 늘 빤하다. 저녁 무렵이 되자 휘수는 어김없이 할아비를 찾아오고 말았다. 딸과 떨어지는 게 서운한 제 아비 마음은 아랑곳하지 않고 아이는 활짝 웃으며 할아비 품에 안긴다.

거실의 카펫 위를 무대 삼아 아이의 저녁 공연이 시작된다. 관중은 역시 열렬한 팬인 두 사람뿐이다. 지난번 학예발표회 때 선보였던 그 멋진 춤을 재연하며 할미의 기분을 한껏 띄워 주었다.

"우리 휘수 좀 보세요. 지난번 그 춤을 조금도 안 잊어먹었잖아요?"

우리 부부는 가장 멋진 성탄절 공연을 관람했다. 오늘밤도 아이는 할미 할아비와 같은 침대에서 행복한 꿈을 꿀 것이다.

2013. 12. 25

아찔한 순간

겨울방학이지만 휘수는 오전 시간을 유치원에서 지내기로 했다. 우리 부부가 운동을 하고 돌아오는 길에 유치원에 들러 아이를 데려올 참이다. 우리 집으로 돌아온 아이는 다시 전처럼 안정감을 되찾고 생활하고 있다.

점심을 마치자 내자는 휘수를 데리고 딸네 집으로 향한다. 딸이랑 갓난이도 돌봐 주고 손녀가 심심하지 않게 바람을 쐐 주려는 의도에서다. 겸이랑 휘수 두 아이들이 짝짜꿍이 잘 맞으니 더 잘된 일이다. 한때는 만나기만 하면 다퉈서 어른들 애를 태웠었는데, 이제는 얼마나 친하게 지내는지 모른다.

딸네 집으로 간 지 두어 시간쯤 지났을 때 내자의 다급한 전화가 날아온다. 미끄럼틀을 타고 잘 놀던 휘수가 갑자기 팔꿈치를 다쳐 병원으로 향하는 중이라고 말한다. 평소에 여성스럽고 조용한 아이라서 사고를 일으키는 일이 거의 없었는데 이게 어찌 된 일일까?

만사 제쳐두고 병원으로 달려갔다. 사진을 찍어 보니 뼈에는 별 이상이 없다는 소견이다. 그렇지만 팔꿈치가 심하게 부어올라 통증은 있을 것이라고 한다. 아이는 주사라도 맞게 될까 봐 잔뜩 울상이 되더니 끝내 울음을 터뜨리고 만다. 붕대로 칭칭 감고 팔을 움직이지 못하도록 팔걸이로 받쳐 준다. 한 나흘 동안은 지켜봐야 한다는 의사의 전언이다.

다섯 살 아이의 이런 모습에 병원 사람들이 다들 한 번씩 눈길을 주며 말을 건넨다. 아이는 겁을 먹고 있지만 사람들 눈에는 그것마저도 귀엽게 보이는가 보다.

중국 춘추전국시대에 '월(越)'나라의 '서시(西施)'라는 미녀는 경국지색(傾國之色)이라고까지 불렸다는데, 병이 들어 얼굴을 찡그리는 것마저도 닮고 싶어서 다른 여인들이 그걸 따라 했다는 말이 생각난다. 아이들이란 언제나 예쁘고 귀엽게 마련이니까.

저녁 무렵이 되자 아이의 어미에게서 전화가 걸려왔다. 작은아이가 하빠랑 언니를 보고 싶어 한다는 것이다. 그런데 휘수가 제 동생에게 자기가 팔 다친 이야기를 그만 해버리고 말았다. 옆에서 그 소리를 들은 제 어미가 소스라치게 놀란다. 나도 가슴이 뜨끔해졌다.

"놀다 좀 다쳤는데 별 건 아니니 걱정하지 마라."

내가 얼른 이렇게 얼버무려 안심을 시켰다.

아이가 다친 것이 찜찜하기도 하고, 이럴 때마다 나는 큰 죄인이라도 된 심정이다. 흔히 말하기를, '공직자 생활은 교도소 담장 위를 걷는 것과 같다.' 고 하는데, 아이 돌보는 것도 그에 못지않은 긴장의 끈이 늘 필요한 것 같다.

아이는 오늘 따라 유난히 어리광이 심하다. 팔의 통증을 잊으려는 것인지 동화책을 다섯 권이나 읽어 달라고 졸랐다. 그것도 같은 이야기를 몇 차례나 읽어 달라고 보채기까지 한다. 잠투정도 전보다 훨씬 오래 하다가 겨우겨우 눈을 감았다.

밤이 되자 아이가 자면서 불편해하진 않을까 자꾸만 들여다보게 된다. 자다가 뒤척일 때 아픈 데를 또 다치지나 않을지 걱정이다. 미끄럼틀을 타다 다쳤을 때 놀랐을 아이를 생각하니 지금도 가슴이 마구 뛴다. 그래서인지 오늘따라 아이의 얼굴이 더 짠해 보여 마음이 편치가 못하다. 자다가 여러 차례 끙끙거리는 신음소리가 들려 잠을 설친다. 내일 아침이면 좀 나아지려나…….

2013. 12. 26

아가, 울지 마라 내일 또 보자

아직도 집안 분위기가 서먹서먹하지만, 그나마 손녀들 재롱 덕분에 숨통이 트이기는 한다. 큰놈은 아예 우리 집으로 쳐들어와 자리를 잡아 버렸고, 작은놈은 막무가내로 할아비 할미가 보고 싶다고 성화니 아이들 핑계로라도 아들놈은 우리 집을 드나들지 않을 수 없는 입장이다.

며느리가 조심스럽게 제의를 한다. 오늘 저녁식사 대접을 하고 싶은데 우리 집에 와도 되겠냐며. 실은 오늘이 아들놈 생일이라서 가족끼리 모이고 싶다는 뜻이리라. 우리 내외도 언제까지 이렇게 서로 눈치만 보고 지낼 수는 없어 슬그머니 풀어 주기로 했다.

모처럼 식구들이 다 모이자 아이들이 신이 났다. 좋아하는 아이들을 위해 생일 축하 노래를 몇 번 더 불렀다.

× 2013. 12 ×

"사랑하는 휘수 아빠, 사랑하는 유수 아빠, 생일 축하합니다."

요즘 철도파업 문제로 온 나라가 편치 못하다. 당사자가 서로 한 치의 양보도 없이 기찻길 같은 평행선을 달린다. 대화 부족 탓이다. 다행히 우리 집에는 세상에서 가장 멋지고 가장 설득력 있는 중재자가 둘씩이나 있다. 아무리 꽁꽁 얼어붙은 갈등이라도 이들 앞에서는 녹아내리지 않을 도리가 없다.

유수는 잘 돌아가지도 않는 혀로 오늘의 이 기쁨을 표현한다.

"케이크, 케이크, 생일 축하합니다. 후욱……."

주인공도 아닌 놈이 촛불을 꺼 버리며 박수를 친다. 눈이 감기도록 활짝 웃는 모습이 귀엽고 애틋해서 눈물이 맺힌다.

아이들이 좋아하는 걸 보며 가슴이 먹먹해지는 것이 저놈들을 위해서라도 좀 더 너그러워져야겠다고 다짐한다.

저녁을 먹고 아이들의 재롱에 실컷 웃고 나자 어느새 잠자리에 들 시간이 되었다. 헤어질 시간이 되었지만 작은놈이 갈 생각을 하지 않는다. 할미가 아이에게,

"유수야 너 집에 가야지."

하자, 아이는 방바닥을 가리키면서 제가 먼저 누워 버린다.

"할머니 여기 누워."

아파트에 안 가고 이 집에서 자겠다는 것이다. 어미는 가기 싫다는 놈을 억지로 안고 밖으로 나선다. 아이는 마지못해 끌려가며 할아비

에게 아쉬운 인사를 건넨다. 어둠 속으로 사라지는 아이의 모습에 마음이 무겁다.

아이가 집을 떠난 지 십 분도 안 돼 전화기가 울린다. 아이가 차안에서도 계속 울고 집에 도착해서도 할미 할아비만 찾는다는 얘기다. 화상통화 속에서 서럽게 울어대는 아이를 바라보자니 속이 상해 죽겠다.

"아가, 울지 마라. 내일 또 보자. 응."

한참 지나도 아이는 울음을 그치지 않는다. 속이 상해 더는 볼 수 없어 전화를 끊는다. 내자도 나도 눈물이 가득 고였다. 어쩌다 우리가 이렇게 살아야 하는지 모르겠다.

앞으로는 작은놈이 더 걱정이다. 우리 집을 다녀갈 때마다 제 언니 못지않게 예민해지는 것 같다. 이제 뭘 조금씩 알아 가는 시기여서 보고 싶은 조부모와 떨어져 사는 게 아이에게 큰 상처가 되는 건 아닌지 모르겠다.

2013. 12. 27

까우 까우

우리 집에서 유수 공주의 뜻을 거역할 사람은 아무도 없다. 아이는 아침 댓바람부터 할아비를 찾아왔다. 아마도 눈뜨자마자 할아비가 보고 싶다고 졸라 댔을 게 빤하다.

아이는 우리 집에 들어오면 늘 하던 대로 집안을 한 바퀴 순회하는데 아무래도 사탕과 과자가 있는 곳이 가장 관심이 가는 곳인가 보다. 아이들이란 무엇보다도 입이 심심하지 않아야 하니까. 사탕을 하나 입에 물고 나면 동화책과 끼적거릴 언니의 스케치북을 찾는다. 아이는 제 언니를 닮아 이야기 듣기와 그림 그리기를 좋아한다.

또 하나, 약품과 밴드도 자주 찾는다. 아이들에게는 약을 바르고 밴드를 붙이는 것도 아주 재밌나 보다. 한시도 가만히 있지 못하는 부지런한 성미라 이것저것 다 간섭 해보는 것이겠지.

이렇게 노는 것도 시들해질 무렵 아이는 갑자기 생각나는 게 있는지 전화기를 들고 할미에게 달려간다. 보고 싶은 사람이 있으니 빨리 전화를 걸어 달라고 조른다.

"여보…… 떵 하빠…… 보고 시퍼……."

(여보세요, 떵 할아버지가 보고 싶어요.)

아이는 큰처남을 찾고 있다. 결국 아이는 기어이 떵 할아버지를 우리 집으로 불러들였다. 아이의 이런 모습을 보고 있자면, 마치 덩치 큰 코끼리가 몸집 작은 토끼에게 끌려가는 장면이 연상돼 웃음보가 터진다.

이제 입이 터지기 시작한 유수는 별 말을 다 한다.

"잠깐만……."

(내가 지금 할 말이 있으니까 잠깐만 멈춰주세요.)

아이가 누군가의 말을 가로채며 끼어들 때 즐겨 써먹는 말이다.

"하빠, 빨리 빨리……."

제가 가고 싶은 데로 같이 가자고 조를 때 손짓을 하며 할아비를 급히 부르는 말이다.

"여기 앉아……."

이것은 주로 책을 읽어 달라고 할 때 방바닥을 두드리며 하는 귀여운 몸짓을 곁들인 말이다.

"까우 까우……."

아이는 색종이를 오리거나 테이프를 잘라 붙이는 공작놀이를 좋아하는데 가위를 찾을 때면 늘 이렇게 서툰 발음으로 말한다.

"유수야, 까우 아니고 가위 해 봐?"

"가우 가우."

아이의 입에서 나오는 말 중에서 한 마디라도 귀엽지 않은 게 없다. 저 작은 머리에서 저 작은 입으로 저런 말을 할 수 있다는 게 얼마나 신통한 일인가? 아이는 하루가 다르게 새로운 말을 쏟아 낼 것이고, 또 우리는 그걸 들으며 얼마나 즐겁게 놀랄까?

2013. 12. 28

생김새는 분명히 이 집 물색인데

어린이집의 겨울방학을 맞아 유수는 하루도 빠짐없이 우리 집을 찾아온다. 늘 보고 싶은 할미 할아비와 언니까지 함께 지내니 아이는 신이 났다.

휘수만 있으면 집안이 별로 어질러지지도 않고 조용하다. 언니는 지극히 여성스러워서 조용히 책을 읽고 그림을 그리거나 텔레비전을 시청한다. 무용을 하거나 노래를 불러도 그리 요란스럽지는 않다.

그런데 유수만 나타나면 온 집안이 난장판으로 변한다. 언니의 장난감이나 노트도 엉망으로 만들어 놓고 심지어 방바닥에 깔아 놓은 카펫이나 방석까지도 낙서투성이로 만든다. 이 방 저 방을 부지런히 쏘다니며 온갖 간섭을 다 한다. 할아비 책상 위에 놓인 것들도 만지고, 책상이나 옷장 서랍을 열어 그 속의 물건들을 꺼내 놓거나, 할미

핸드백을 뒤져 지갑 속 돈도 꺼내 놓는가 하면, 냉장고도 수시로 열어 보며 끊임없이 들락날락거린다.

그러니 유수가 온다는 소식이 들리면 아이 손이 닿을 만한 곳의 물건이나 다칠 위험성이 있는 것은 모조리 치워 놓아야 한다. 그렇게 조심을 해도 때로는 어른들이 상상치도 못한 일이 벌어지곤 하니까.

도저히 아이가 올라갈 수 없는 높은 곳에 올라가 있거나, 위험한 물건을 쥐고 있거나 하는 것이다. 이것저것 궁리가 많은 아이는 온갖 시도를 다 해 보기 때문에 어른들의 허점을 보기 좋게 찔러 버리는 경우가 다반사다.

아이는 혼자 잘 놀다가도 언니가 하는 놀이나 가지고 노는 물건을 보면 욕심을 내며 잽싸게 달려든다. 언니가 잘 놀아 주지 않거나 귀찮아하면 기어이 빼앗는가 하면, 어떨 때는 때리기도 한다. 대개는 언니가 피하지만 어쩌다 동생에게 붙들리면 머리채를 쥐어뜯기거나 얼굴을 얻어맞기도 한다. 마음 약한 언니가 작은아이를 때리거나 밀치는 경우는 거의 없고, 언니가 먼저 울어 버리기 일쑤다.

오늘은 언니의 비명소리가 심상치 않다. 달려가 보았더니 동생이 언니의 팔을 물어뜯어 버렸다. 팔에 이내 시퍼렇게 멍이 들었다. 어린 것에게 너무 야단치면 놀랄까 봐 심하게 나무라지도 못하고 언니에게만 주의를 준다.

"휘수야, 동생이 물려고 하면 얼른 피해 버려라. 알았지?"

언니를 물어뜯은 일로 눈치가 보인 건지, 무안해진 작은아이는 다른 식구들을 피해 안방에 있는 할아비에게 달려와 안긴다. 그래도 언제나 제 편을 들어주고 위로해 줄 사람은 할아비뿐이라고 생각하는 모양이다.

할아비 팔베개에 다정하게 누워 있더니 이번에는 난데없이 할아비 팔을 꽉 깨물어 버린다. 할아비를 무는 것은 아마도 할아비가 너무 좋아서 나온 행위일 게다. 아이는 좋아도 싫어도 비슷한 방식으로 제 기분을 발산하는 것이라는 생각이 든다.

팔에 아이의 선명한 이빨 자국 두 개가 생기고 피까지 맺혔다. 토끼 이빨처럼 뾰족한 아이의 이에 기습을 당했다. 그 따끔한 침 맛이라니!

아무래도 이 버릇은 고쳐 주어야겠다. 혹시 다른 집 아이라도 물면 큰 일이 아닌가? 이러다 어린이집에서 문제아로 찍혀 미움을 받게 되는 건 아닌지 걱정스럽다. 우리 집안 딸들 치고 이렇게 드센 놈은 없었다. 생김새는 분명히 이 집 물색인데…….

2013. 12. 29

몇 밤 자면 여섯 살이에요?

금년의 마지막 날이다. 아들네 네 식구는 해넘이를 보러 간다며 서해안으로 떠났다. 휘수는 지금 제 부모랑 동생과 부안의 한 콘도에 머물고 있다. 조금 전에 잘 도착했다며 전화기 속에서 밝은 목소리가 들려왔다.

할아비는 아이가 왜 이리 좋아하는지 너무도 잘 알고 있다. 평소에 제 부모와 같이 지내는 걸 그리 달가워하지 않는 아이지만, 그래도 어쩔 수 없는 다섯 살짜리다.

아이는 부안의 콘도에 가는 걸 참 좋아한다. 거기에는 아이가 가장 좋아하는 놀이 기구가 있기 때문이다. 아이는 그 달콤한 유혹을 물리치지 못한다. 사자와 기린과 고양이와 개 따위의, 아이들의 흥미를 끌만한 동물들을 친근한 모습으로 만들어 놓은 놀이시설이다. 500원짜리 동전을 넣으면 10분쯤 탈 수 있는데, 아이는 1시간이고 2시간이고 엉덩이가 아프도록 타려고 한다.

아마도 제 가슴에 쌓인 스트레스를 이렇게라도 풀려고 하는 것 같다. 이런 아이 마음을 잘 아는 할아비는 아이가 그곳에 갈 때마다 실컷 타고 오라며 돈을 넉넉하게 쥐어 주곤 한다.

아이는 우리 집으로 돌아온 뒤로 단 하루도 제 부모가 사는 아파트에서 자지 않았다. 부모들이 데리러올 때면 아이는 눈에 띄게 불안한 얼굴이 되곤 한다. 다시는 아파트로 돌아가지 않겠다는 결연한 의지에 마음이 아팠다. 제 부모가 나타나면 또 데려가려는 것은 아닌지 눈치를 살피며 어떻게든 이 상황을 모면할 궁리부터 한다.

아이의 부모가 큰딸이 보고 싶어 전화라도 걸면, 아이는 귀가 아프다는 엉뚱한 핑계까지 대며 전화 받기를 한사코 거부한다. 힐끔힐끔 곁눈질을 하며 찾아온 제 부모의 동태를 살핀다. 그림을 그리는 척하기도 하고, 동화책을 읽는 척하는가 하면, 일부러 가위로 종이를 오리기도 하며 고개를 푹 숙인 채 말이 없다. 때로는 살며시 안방으로 들어와 자는 척하기도 한다.

할아비는 이런 아이의 심리를 훤히 들여다보고 있다. 제 부모들이 아무리 잘해 주려고 애를 써도 아이가 편하게 생각하는 곳은 할아비 집이다. 성미 급하고 짜증을 잘 내는 제 부모들과 같이 지내는 게 아이에게는 엄청난 스트레스였을 테고 막무가내로 훼방을 놓는 동생의 태도도 상당히 못마땅했을 것이다. 이런저런 것들이 다섯 살 아이가 감당하기에는 너무 힘들었을 게다.

어젯밤의 일이었다.
"엄마 아빠랑 동생이 보고 싶지 않니? 유수가 언니를 얼마나 좋아하는지 잘 알지? 그러니까 오늘밤에는 아파트에 가서 자고 오거라?"
"예, 알겠어요."
할미가 달래자 아이는 얼결에 그렇게 하겠다고 대답하고 말았다. 아이가 제 부모와 너무 오래 떨어져 지내다 보면 성격 형성에 문제가 생길까 봐 걱정돼서 되도록 자연스럽게 양쪽을 오가게 하고 싶은 마음에서다.

할미는 아이의 마음이 변하기 전에 얼른 아이 아비에게 전화를 건다.
"휘수 애비야, 네 딸이 아파트에서 자겠다고 하니 얼른 데려 가거라?"
오랜만에 듣는 반가운 소리에 아비는 한달음에 달려오겠다고 한다. 그런데 아비가 집에 도착하기도 전에 아이의 마음은 슬쩍 바뀌고 말았다.
"나 여기에서 잘 거야!"
아이의 아비는 또 헛걸음만 하고 되돌아갔다.
"아파트에서는 애기인 척하지 못해요."
때로는 애기처럼 어리광도 피우고 싶은데 그걸 받아 주지 않는 부모들이 약속하다는 걸 에둘러 말하는 것이다.

"할아버지, 몇 밤 자면 여섯 살이에요?"

며칠 전부터 아이는 벌써 여러 차례나 이 말을 반복했다. 해가 바뀌어 여섯 살이 되면 유치원의 상급반에 오르니까 좋아 보이기는 한데, 또 지금처럼 그냥 다섯 살에 머물러 애기처럼 어리광을 피우고 싶기도 하고, 이런저런 생각이 겹쳐 마음이 흔들리는가 보다.

2013. 12. 31

2014년

인연
언니 짜!
늙으면 안 돼요
친구야, 그날 기억하지?
일곱 살이 돼도 안 갈 거야
내 머리 원래대로 돌려줘
책 읽어 주는 백설공주
고놈 참
어쩌까!
다음 세상에서 또 만나세!
큰딸의 귀가

인연

내게는 50년 지기 친구가 하나 있다. 나는 열세 살 어린 날 어른들에 등 떠밀려 단신 상경해야만 했다. 외롭고 힘겨운 서울에서 중학교 1학년 때 처음 만나 지금까지 우정을 이어 오는 유일한 벗이다. 이곳저곳을 전전해야 하는 공직생활은 물론, 그 친구가 사업차 오랜 외국생활을 하던 기간에도 변함없이 인연을 이어 온 참으로 소중한 사람이다. 융통성을 모르는 공직자로 답답하게만 사는 내게 그는 물심양면으로 가장 든든한 후원자였다.

작년 봄 어느 날, 친구는 서울로 가서 다른 사업을 구상중이라는 소식을 전한 이후 소식이 끊겼다. 보고 싶어 여러 차례 전화를 걸었지만 불통이었다. 그럭저럭 열 달이나 흘러버렸다. 아마도 서울의 사업이 바빠서 그런가 보다 생각했지만 만나지 못해 늘 아쉬웠다. 친구 부인마저 소식이 불통이고, 가끔 마주치는 그 친구의 형님도 전혀 내색을 하지 않아서 그저 잘 지내는가 보다 여겼다.

참으로 청천벽력 같은 소리다. 지인의 결혼식장에 갔다가 들은 말에 온몸의 힘이 일시에 빠져나간 것 같은 충격을 받았다. 바로 그 길로 친구가 입원한 병원으로 달려갔다. 병실 문을 열자 마주친 그의 몰골에 할 말을 잃어버렸다.

오랜 투병의 흔적은 너무도 처참했다. 퀭한 눈망울에, 몇 올 남지 않은 머리털 하며, 삭정이 같은 삭신의 상늙은이 하나가 병상에 누워 있는 게 아닌가? 한눈에 드러나는 앙상한 모습에 가슴이 찢어지는 아픔이 밀려든다.

그러니까 사업 때문에 서울로 간다던 그 때가 바로 발병 사실을 처음 발견하고 치료차 떠나던 길이었다. 친구의 병명은 췌장암이란다. 그 병을 잘 모르는 사람들도 상식적으로 가망이 없다는 건 널리 알려진 사실이다. 이 병은 암 중에서도 가장 생존율이 낮은 병이 아닌가? 왜 하필 이 사람에게 이런 몹쓸 병이 찾아왔을까?

그는 나 못지않게 자존심이 강한 사람이다. 병든 모습을 보이기 싫어 지인들에게도 거의 알리지 않았던가보다. 친구라는 이름 하나만 꼽으라면 나는 주저하지 않고 이 사람을 택한다. 내 평생 만났던 사람들 중에 가장 오래도록 마음을 주고받은 친구이자 은인인데, 지금 내가 그를 위해 해 줄 수 있는 게 별로 없다는 사실이 분하고 안타깝다.

문병이랍시고 찾아갔지만 너무도 변해 버린 친구의 짠한 모습에 할 말을 잃고 야윈 손만 꼭 쥐어 본다. 말없이 한참을 마주 보자 환자가 먼저 말을 건넨다.

"지난 번 만났을 때 손자 육아일기 쓴다더니 책은 어떻게 됐어?"

"실은 지난해 봄에 자네 집으로 책을 보냈는데 못 받아 보았는가?"

나의 되물음에 곁에서 간병하는 친구의 부인이 대신 대답을 한다.

"그땐 이미 병원생활을 하느라 집에 온 소포를 챙길 경황이 없었어요."

하며 책 발간을 반긴다.

책 이야기가 나오자 환자의 얼굴에 화색이 돌며 마치 자신이 책을 낸 것처럼 좋아한다. 자연스럽게 손자들 이야기가 화제에 오르자 그 사람도 나도 술술 말문이 열리고 한때나마 병고를 잊는 듯했다. 그리고 우리는 정서적 공감을 털어놓았다.

"세상과의 몌별(袂別)에서 마지막까지 떨쳐내기 힘든 건 눈에 밟히는 손자들이다."

라고, 이런 말이 자연스럽게 나오는 걸 보면 우리도 이제 제법 할아버지 티가 배인 나이인가보다.

비록 볼품없는 솜씨지만 내 글을 대할 때마다 언제나 따뜻하게 감싸 주던 그에게 나의 노작(勞作) '하빠의 육아일기'를 전해 준다. 눈을 감을 때까지 이 책을 곁에 두고 작은 위안이라도 삼는다면 좋겠다.

"인연(因緣)은 생을 이어주는 영혼(靈魂)의 끈"이라는 말이 가슴을 울린다.

2014. 1. 5

언니, 짜!

"하빠한테 가!"

아이가 이렇게 울고 보채면 아이의 부모는 도저히 달랠 수가 없다며 집으로 아이를 데려온다.

요새 유수는 밤마다 우리 집을 찾아온다. 귀여운 아이를 만나는 건 반가운 일이지만, 잘 놀다가도 돌아갈 때면 아이도 나도 서운해서 그 후유증을 추스르기가 만만치 않다. 그 어린 것이 하빠와 헤어지기 싫어 안 가겠다고 버티고 울음이라도 터뜨리면 맘이 아파 견딜 수가 없다.

입맛이 없어 밥을 잘 못 먹는 내자는 고구마도 굽고 계란도 삶았다. 겨울밤에 온 식구들이 둘러앉아 군것질하면서 담소를 나누던 옛 추억을 떠올리게 하는 정겨운 풍경이 펼쳐진다. 누구보다 아이들이 신났다. 아이들은 먹는 것보다 계란 껍데기 까는 재미가 더 쏠쏠한가 보다.

언니가 손가락으로 소금을 찍어 먹으려 하자, 동생이 놀라면서 날카롭게 한마디를 날린다.

"언니, 짜!"

소금을 그렇게 많이 먹으면 짜다면서 언니를 말리는 소리다. 21개월짜리 어린아이가 어떻게 이런 말까지 할 수 있을까?

언니보다 말이 늦게 터지긴 했어도 유수는 지금 못하는 말이 없다. 어른들이 하는 말을 거의 비슷하게 따라 한다. 보통 또래 아이들보다는 훨씬 말을 잘하는 편이다. 그것도 단순히 소리만 내는 게 아니라 그 뜻을 제대로 알고 구사하는 수준이라서 더욱 신통하다.

오늘은 언니가 하는 짓을 그대로 따라 한다.

"칙칙폭폭 땡!"

훌라후프를 끼고 기차놀이를 하느라 자매가 소리를 지르며 거실과 안방을 휘젓고 뛰어다닌다. 아파트에서는 도저히 할 수 없는 짓인데 마음 놓고 뛰어도 아무도 말리지 않으니 얼마나 좋을까?

아이는 이제 동요도 제법 잘 부른다. '곰 세 마리'는 기본이고, '작은 별'이나 '동물 흉내' 같은 노래에 춤동작을 섞어 부른다.

간혹 텔레비전에 나오는 김연아의 피겨스케이팅을 보고 따라 하는 모습이 얼마나 우스꽝스러운지 모른다. 올라가지도 않는 발로 점프하는 시늉이 볼수록 앙증맞고 사랑스럽다.

또 어찌나 눈치가 빠른지 아이 가까이에서는 전화도 조심해야 한다. 누구와 통화하는지 금방 알아차리고 간섭을 하기 때문이다.

'지금 통화하는 사람이 아무개지? 나는 다 알아.' 하는 듯한 얼굴로 바꿔 달라고 하기가 예사다. 제가 보고 싶은 사람이기라도 하면 더 심하게 졸라 댄다. 아이가 주로 찾는 사람은 할아버지와 할머니와 언니와 떵 할아버지다. 특히 할아버지라는 말만 나와도 빨리 가자고 옷부터 챙겨 입고 나선다니 부모들은 아이가 무섭기까지 하단다.

2014. 1. 6

늙으면 안 돼요

저녁 무렵이면 어김없이 유수의 전화가 걸려온다. 우리 집에 다녀갈 적마다 헤어질 때 아이가 너무 힘들어하니까 이렇게 영상통화로 대신하는 것이다. 아이에게는 이것으로는 성에 안 차겠지만 아쉬운 대로 이렇게 달래고 있다. 전화 속 말투만 들어도 할미 할아비와 언니를 만나지 못해 아쉬워한다는 걸 느낄 수 있다.

"한미(할머니), 하빠, 언니……."

이 짧은 말 속에 애타는 마음이 잔뜩 배어 있는 듯하다.

'보고 싶어, 보고 싶어, 많이 많이 보고 싶어.'

내일은 금요일이니까 데려와서 실컷 놀아 줘야겠다. 아이가 좋아하는 과자도 준비하고, 동화책도 읽어주고, 공작놀이도 해 줘야지. 많이 안아 주고 업어 줘야지.

휘수가 있는 데서 동생 이야기만 많이 하면 아이가 별로 좋아하지 않는 눈치다. 자기도 아직 아가인데 동생에게만 정을 준다고 서운하게 생각하는 것이다. 오늘은 유치원에서 낮잠을 못 잤는지 집에 오자마자 짜증이 심하다. 저녁밥도 거의 안 먹고 자꾸 울기만 한다.

요즘 내자도 컨디션이 별로 좋지 않은데 아이마저 이러니 집안 분위기가 침울해진다. 혹시 짜증난 내자가 아이를 험하게 다룰까 봐 신경이 쓰인다. 아이를 얼른 안방으로 불러 동화책을 읽어 준다. 잠시 기분이 풀린 것 같더니 이번엔 허기가 밀려오는가 보다.

아이는 할미에게 쪼르르 매달린다. 언제 어디서건 아이가 시장하다고 하면 내자는 금방 허물어지고 만다.

"뭘 먹고 싶으냐?" 하고 여러 차례 달래다 삶은 계란으로 낙착을 본 모양이다. 불과 삼십 분 전만 해도 먹이려는 할미와 먹지 않으려는 손녀 사이에 심한 줄다리기가 오갔었다. 어르고 달래기에 지친 할미는 속이 상하면 곧잘 써먹는 한 가지 무기를 내민다.

"이렇게 말 안 들으면 아파트에 데려다 줄 거야!"

아이에게는 이 말이 가장 듣기 싫은 소리일 것이다. 시무룩해진 아이는 입을 다물고 만다. 그리고 한참 머뭇거리다 할미에게 달려가 애교를 부린다.

"휘수는 할머니 할아버지가 제일 좋아요. 늙으면 안 돼요."

무서운 표정을 짓던 할미도 이 말에는 사르르 녹아내리며 그랬냐는 듯 아이를 끌어안고 만다.

2014. 1. 9

친구야, 그날 기억하지?

오늘은 한 할머니 독자의 문자메시지가 나를 숙연하게 만들었다.

"지금 병실이에요. 애 아버지는 고만고만(그만)하세요. 이제 막 '하빠의 육아일기'를 다 읽었는데 정말 너무 재미있었습니다. 제가 손자 손녀랑 같이 살지는 않지만, 할머니의 마음가짐을 다시금 생각하게 하는 좋은 책이었다고 생각해요. 잘 간직하겠습니다."

닷새 전 병실에서 만났던 친구의 부인이 보낸 글이다. 남편 병수발을 하는 틈틈이 책을 읽었는지 이렇게 고마운 독후감까지 보내온 것이다. 이럴 때는 정말 책을 낸 보람을 느낀다.

아주 짤막한 소감문이지만 이건 단순한 글이 아님을 직감했다. 곧장 전화를 걸었더니 부인의 목소리에 울음이 잔뜩 배어 있었다. 환자의 상태가 더 악화되었다는 말 속에 친구가 나를 무척 보고 싶어 한다는 뉘앙스가 느껴졌다. 큰일 당하기 전에 한 번이라도 더 만나야겠다는 생각에 바로 병원으로 달려갔다.

며칠 전에 보았던 얼굴이라 그런지 처음 봤을 때의 충격은 느껴지지 않는다. 부인 말대로 친구의 컨디션은 매우 안 좋아 보인다. 웃음기라곤 조금도 찾아볼 수 없는 무표정한 낯을 대하니 서러움이 밀려든다. 적어도 내게만은 심각한 모습을 보인 적도 없었고 늘 너그럽고 여유 있는 태도였는데, 지금은 그런 밝은 모습이 자취를 감추어 버렸다. 큰 맘 먹고 누군가를 찾아갔는데 내방객을 반겨 주지 않는 무안함과는 또 다른 감정이다.

허탈감.

병실에 웬 낯선 사람 하나가 나를 맞이한다. 기진한 환자 곁에서 생면부지의 사내들끼리 말을 섞기가 어색하다. 그렇게 침묵이 흐르는 사이에 또래의 또 다른 사내 하나가 들어왔다. 나는 기억도 안 나는데 그 사람은 나를 만난 적이 있다고 스스로를 소개한다. 알고 보니 둘 다 환자의 친구들이었다. 부인이 다른 일을 보는 사이에 친구들이 간병을 대신하고 있었던 모양이다.

그리하여 자연스럽게 말문이 터졌다. 나는 환자와의 오십 년 인연을 이야기하기 시작했다. 이 친구와의 추억이라면 할 말이 무궁무진

한 내가 주로 떠들었고, 간간이 그들이 맞장구를 치는 격이었다. 듣고 보니 환자인 그 친구가 이들에게 내 이야기를 여러 차례 했었던 모양이다.

“경찰을 하는 오십 년 지기 친구가 하나 있는데, 이 사람이 참 소신이 강하고 강직한 사람이며, 또 경찰로는 드물게 글을 쓰는 친구라서 참 자랑스럽다.” 고 했단다. 그래서 이 두 사람들도 나를 만나고 싶어 했노라고 말한다. 나의 단점은 쏙 빼고 이렇게 듣기 좋은 말만 늘어놓았었나 보다.

나는 친구의 자랑이 민망해서, 나의 엇나간 처신으로 이 친구의 마음을 아프게 했던 해묵은 이야기까지 덤으로 들려주며 어색한 분위기를 희석시켜 보려 했다. 비록 초면이긴 하지만 환자와의 관계로 보면 모두 친구지간이 아닌가.

병상의 환자는 말이 없는데 객들만 떠든 꼴이었다. 한참을 떠들다 보니 어느새 두 시간이나 흘렀다. 자리를 뜨면서 환자에게 인사를 건넸더니, 이제껏 듣기만 하던 환자가 눈을 뜨고 한마디를 거든다.

“내가 말문이 터지거든 저 친구(나를 이르는 말)에 대해 다른 이야기도 해 줄게.”

이 친구가 환자가 아닌 때 이런 말을 했다면, 그건 단지 좌중을 웃기려고 하는 농담이었을 것이다.

나 없을 때 다른 사람들에게 나의 험담을 얼마나 하려고 저러는지 모르겠네. 내가 망가지는 한이 있더라도 제발 저 친구가 말이라도 실컷 할 수만 있다면 좋겠다.

저 사람이 병들기 전만 해도 우리는 만날 때마다 지난 오십 년 동안 우리 사이에 벌어졌던 에피소드들을 복기했다. 우리는 백 번도 더 옛일을 반복해서 더듬으며 얼마나 많이 울고 웃었던가!

이런 아름다운 추억을 수십 년간 가슴에 함께 품었던 사람과 이제 곧 이별해야 한다는 생각이 스치자 가슴 한편이 심하게 저려 온다.

2014. 1. 10

일곱 살이 돼도 안 갈 거야

평소에는 셋이 사는 우리 집도 주말이 되면 여섯 식구로 늘어난다. 아들 내외와 유수가 합류하기 때문이다. 휘수의 평소 소망대로 우리 가족은 비로소 여섯이 다 모이는 셈이다.

아들 내외는 큰딸을 자기네 집으로 데려가고 싶어 늘 안달이다. 말끝마다 아파트로 가자고 딸을 회유한다. 이러다 딸이 영영 조부모 집에서만 살게 된다면 앞으로 정상적인 성장을 하기 어렵게 되는 건 아닐까 염려해서다.

사실 휘수는 제 부모나 동생이 싫어서 아파트로 안 가는 것은 아니다. 이 아이의 가장 큰 소망은 우리 여섯 식구가 함께 모여 사는 것이다. 비좁은 아파트보다는 단독주택에 마당도 너른 할아비 집이 훨씬 더 아이의 마음을 사로잡기 때문이다. 또 우리 집은 이 동네에서 가장 멋진 집으로 소문나서 많은 사람들이 부러워하기도 한다.

우리 집은 계단을 올라가면 2층도 나오고, 아이를 지켜 주는 든든한 강아지 흑비도 있고, 마당엔 예쁜 꽃들이 피고, 연못에는 예쁜 물고기들도 많다고 아이는 친구들에게 잔뜩 자랑도 해놓았다고 한다. 그런데 이제 아파트에서 산다고 하면 친구들에게 거짓말쟁이가 되어 아이의 자존심에 상처가 될 수 있는 것이다.

아이의 부모들은 아파트로 돌아갈 때마다 아이가 좋아할 만한 온갖 구실을 찾아 아이를 꾀어 보지만 번번이 뜻을 이루지 못한다.

"휘수야, 내일 마트에도 데려가고 놀이시설에도 데려갈게. 그러니까 오늘은 아파트에서 엄마 아빠 동생이랑 같이 자자, 응!"

"그러면 휘수는 오늘 할아버지 집에서 자고, 내일 놀러갈 때만 같이 가면 되잖아?"

아이는 이렇게 재치 있게 되받아치는 여유를 부린다. 할아비 집을 떠나지 않으려는 아이의 의지는 요지부동이다. 아이의 가슴에는 이미 몇 차례 할미 할아비와 떨어져 지내면서 받은 큰 상처가 너무 깊게 자리를 잡은 것 같다. 지금 이 집을 떠나면, 또 전처럼 할아버지 할머니를 못 만나게 될까 봐 아이는 그런 상황만은 피하고 싶은 것이다. 아이는 어떻게 해서든 이곳을 벗어나지 않으려고 갖가지 궁리를 짜내고 있는 게 틀림없다.

아이의 생각주머니에 아파트로 가지 않으려는 이유가 나날이 더 쌓여 간다.

"아파트에는 나를 지켜주는 흑비가 없어서 싫어."

"옆에서 자는 아빠가 코를 너무 심하게 곯아서 잠을 잘 수가 없어."

"유수가 언니를 괴롭혀서 싫어."

"휘수가 아파트로 가 버리면, 할머니 할아버지가 휘수 보고 싶어서 죽을까 봐 그래."

"내가 일곱 살이 되면 아빠 집에서 같이 잘 거야."

"아니야, 나는 일곱 살이 돼도 아빠 집으로 안 갈 거야."

2014. 1. 11

내 머리 원래대로 돌려줘!

"할아버지, 저 키 좀 재 주세요? 지난번보다 많이 컸지요?"

"그래 우리 휘수 많이 컸네! 아니 너, 요놈 봐라!"

아이는 키가 더 커 보이려고 까치발을 하다 할아비에게 들키고 말았다.

"호호! 할아버지, 이번에는 온도를 재 보고 싶어요."

"휘수야, 이건 온도계가 아니고 몸무게를 재는 체중계라는 거야. 너 몇 킬로그램이지?"

"15.4킬로네! 다섯 살 때보다 무거워졌지요?"

아이는 지금 분명히 체중계에 올라가 있다. 몸무게를 재 보고 싶다는 말을 한다는 게 그만 온도를 재겠다고 해버렸다.

때로는 어른들이 깜짝 놀랄만한 어려운 말도 척척 구사하지만, 가끔은 이렇게 비교적 쉬운 단어를 착각하기도 한다.

작년 봄 아이가 다섯 살이 되어 유치원의 상급반이 되었다. 어떤 반에 편성되었는지 궁금해서 아이에게 물어보았다.

"아가, 이제 무슨 반이야?"

"소방관이에요."

"아니 네 살 때는 단비반이었잖아? 이번에는 무슨 반이냐고?"

"소방관이요."

처음에는 아이가 불을 끄는 소방관이 되겠다고 하는 줄 알았다. 남자 아이도 아닌데 왜 이런 말을 할까 의아했다. 나중에 유치원에 가서 알아봤더니, '소망반'이라는 발음이 잘 안 되어서 생긴 해프닝으로 판명되었다. 아이는 또래에 비해 말을 아주 잘하는 편이지만, 이렇게 유독 어려운 발음이 있나 보다. 내 눈에는 그런 실수마저도 애교로 보일 뿐이지만.

며칠 전부터 할미는 아이의 머리털이 너무 자라서 얼굴을 가린다며 걱정을 했다. 정성들여 머리를 묶어 줘도 한참 놀다 보면 어느새 흐트러져 눈을 가리니 아이가 몹시 불편했던 모양이다. 벼르던 할미는 아이를 데리고 미장원에 갔다고 한다.

아이는 미장원에 들어서자마자 떠들기 시작하더니 나올 때까지도 입을 가만히 두지 않아 할미가 민망해서 혼이 났다고 했다. 미장원 고객들에게는 귀여운 꼬마의 재롱이 심심치 않았겠지만, 말 많은 손녀의 눈치 없는 짓에 할미의 체면이 말이 아니었다나?

"저 여섯 살이에요."

"파마할 때 저 잘 참았지요?"

"저 파마머리 예쁘게 나왔어요?"

아이는 파마머리를 하고 영판 딴 얼굴이 되어 나타났다. 할아비 눈에야 어떤 헤어스타일을 해도 다 예쁘기만 하지만, 아이는 새 머리가 어색한지 자꾸 거울을 들여다보며 한마디 툭 던진다. 새 옷이나 새 신발이 오히려 불편한 것처럼 아이는 지금 그런 심리인 듯하다.

"할머니, 내 머리 원래대로 돌려줘!"

2014. 1. 13

책 읽어 주는 백설공주

휘수가 유치원에서 돌아오자마자 가장 먼저 찾는 게 있다. 아이는 동화를 워낙 좋아해서 어른들을 붙들고 귀찮을 정도로 책을 읽어 달라고 조른다. 지금 우리 집에 있는 동화책만 해도 백 권이 넘지만, 아이의 책 욕심은 끝도 없다. 질리지도 않는지 같은 책을 열 번이고 스무 번이고 계속 읽어 달라고 한다. 주위에 사람들이 있건 없건 의식하지도 않고, 식사 때가 되어도 밥 먹을 생각은 접어둔 채 독서 삼매경에 빠진다.

아이는 받침이 있는 글자는 아직 잘 읽지 못한다. 그래도 워낙 뛰어난 기억력 덕분에 몇 번 읽어 준 책은 그 내용을 훤히 꿰고 있다. 그래서 번번이 읽어 주는 사람보다 앞질러 다음 장면을 말하기도 한다. 마치 머리 좋은 사람이 자신의 지식을 뽐내고 싶어 참지 못하듯이.

나는 아이의 기억력을 향상시키기 위해 읽어 준 책의 내용을 되물어보곤 한다.

“아가, ‘백설공주’에 나오는 일곱 난장이들이 누구누구지?”

“나는 멍청이, 나는 재채기, 나는 행복이, 나는 심술이, 나는 박사, 나는 부끄럼, 나는 졸음이에요.”

아이는 조금도 막히지 않고 단숨에 외워 버린다.

책을 들고 슬그머니 다가와 읽어 달라고 매달리는데 피한다면 아이에 대한 도리가 아닐 게다. 아이가 책 읽기를 좋아하는 것이야말로 더없이 바람직한 태도가 아닌가?

아이의 책 읽기 시중에 시달리다 보니 이제는 피하는 요령까지 생겼다. 할미는 할아비에게, 할아비는 할미에게 서로 미루는 것이다. 이럴 때면 아이는 눈치를 보며 책을 들고 두 사람 사이를 오가기도 한다. 아이의 독서습관은 잠이 드는 시간까지 계속된다.

아이의 책사랑은 아침에 유치원 가방을 챙길 때도 이어진다. 가방 안에 꼭 책 한 권을 넣어 가려고 한다. 가방이 무겁다고 말려도 소용이 없다. 유치원 친구들에게도 꼭 읽어 주어야 한다고 고집을 피운다.

아이가 책을 들고 친구들에게 읽어 주는 모습이 눈앞에 그려진다. 쉬는 시간이면 이 책을 꺼내놓고 친구들에게 진지한 표정으로 읽어 줄 것이다.

어젯밤 할아버지나 할머니가 읽어 준 걸 되살려 거짓말도 적당히 섞어 가면서 그럴싸하게 써먹겠지? 어쩌면 선생님 흉내까지 내 가며 신나고 재미있게 읽어 줄지 모른다.

책을 좋아하는 아이의 성향이 그저 흐뭇하다. 부디 커서도 독서에 친숙한 습관을 그대로 간직하고 살아가길 바란다. 어느 분야에서 일하든지 사람은 독서를 통해 늘 자신을 수양하고 능력을 개발해 나가는 자세가 필요하리라는 할아비의 인생철학이 아이들에게도 전해지길 기원한다.

2014. 1. 14

고놈 참

휘수네 유치원 학부모들의 저녁식사모임이 있다며 며느리가 유수를 맡긴다. 이제 몇 시간 동안은 꼼짝없이 유수를 데리고 놀아 주어야 한다. 이놈은 제 언니와는 비교할 수 없을 정도로 사람을 꽉 붙잡아 놓는 강적이다. 하지만 귀여운 아이의 얼굴을 보면 나중에 시달릴 망정 당장은 반가운 마음이 앞선다.

"더워, 더워!"

이 한겨울에 덥다니? 아이는 집에 들어오자마자 옷부터 벗어던진다. 이런 아이의 의중을 잘 아는 할아비는 웃음을 참을 수 없다. 아이는 나름대로 머리를 쓰고 있는 것이다. 옷을 다 차려입고 있으면 어른들이 얼른 안아서 집 밖으로 데려갈지도 모른다고 생각한다. 그러니 옷을 벗어 할아비 집에서 오래 머무르고 싶은 것이다. 아예 양말까지 벗어 버리고 본격적으로 할아비를 부리기 시작한다.

먼저 냉장고로 끌고 간다. 아이에게는 매우 어려운 단어일 텐데도 비교적 비슷한 발음으로,

"낸잔고(냉장고) 가, 아큼(아이스크림) 줘!"

한다. 또 아이는 냉장실과 냉동실을 정확히 구분해 낼 줄 안다. 아이가 찾고자 하는 건 냉동실의 아이스크림이다. 한겨울에도 아이들이 아이스크림을 찾을 때를 대비해서 늘 준비해 두어야 한다.

아이스크림도 먹고 과자도 잘 먹더니 이번에는 그림을 그리겠다고 크레파스를 찾는다. 언니의 스케치북을 펼치며 빨리 오라고 할아비에게 손짓을 한다. 손녀의 부름에 달려가니 스케치북에 손을 갖다 대며 손을 그리라고 명령한다. 다음에는 발을 그리라며 제 발을 올려놓는다. 그러더니 느닷없이 스케치북에다 제 머리를 갖다 댄다.

"머리 머리!"

머리를 그리라는 것이다. 아이의 발상에 기가 막힌다. 제 언니 못지않은 기발한 아이디어가 아닌가?

저녁 식사를 하며 '6시 내 고향'이라는 방송 프로그램을 보고 있었다. 내자와 내가 한참 즐겁게 시청하고 있는데, 갑자기 텔레비전이 꺼지고 말았다. 놀라서 뒤돌아보니 유수가 손도 아닌 발로 리모컨을 눌러버렸다.

"유수 너 왜 껐어?"

하고 할미가 나무라자 아이도 지지 않고 대든다.

"다른 거!"

"나는 다른 프로그램을 보고 싶은데 할아버지 할머니는 왜 이걸 보고 있느냐?"는 아이의 불만이다. 아이의 대꾸에 어른들이 물러설 수밖에 없다. 아이가 좋아할만한 애니메이션을 보여주려고 '따개비 루'를 틀어 줬더니 그게 아니라며 짜증을 부린다. 이번에는 '뚜바뚜바 눈보리'를 보여 줬더니 또 싫다고 한다.

"뽀요요 뽀요요!"

"왜 내 마음을 그렇게 몰라주는 거야?" 아이는 답답하다는 듯이 '뽀로로'를 틀어 달라고 짜증을 부린다.

가끔 킥킥거리며 웃음을 짓기도 하고 주인공이 하는 말까지 흉내를 내기도 하며 즐겁게 시청한다. 아이가 텔레비전에 푹 빠져 있는 걸 보고 잠깐 서재로 피했더니 조금 뒤에 아이가 소리를 지르며 내게 달려든다.

"곤농 곤농! (공룡 공룡!)"

한다. 왜 그런지 살펴봤더니 '통통이'라는 캐릭터가 무서운 모습을 한 공룡이어서 그런 거였다. 아이가 공룡이나 거미 같은 것에 공포증이 있다는 사실을 발견했다. 아이가 놀라지 않도록 꼭 껴안고 같이 시청해 주었다. 한참 뒤에 한 꼭지가 끝나는 음악이 나오자 아이의 입에서,

"끝-"

하는 소리가 튀어나왔다. 이미 여러 차례 본 경험이 있어서 이야기의 주인공과 전개과정은 물론 끝나는 것까지도 훤히 알고 있는 모양

이다.

아이는 이제 겨우 21개월 된 유아다. 제 언니만 늘 가까이 봐서 이 놈은 아무 것도 모르는 어린아이로만 취급했더니 어느새 이렇게 컸단 말인가? 보고 싶은 할미 할아비와 떨어져 지내는 불쌍한 놈이 언제 이렇게 말이 늘었단 말인가? 가끔씩 만날 때마다 아이의 색다른 몸짓이나 쏟아 내는 새로운 말솜씨 때문에 이 할아비는 또 한 번 손녀바보임을 확인한다.

2014. 1. 16

어쩌까!

"어쩌까 어쩌까!"

21개월 된 꼬마의 입에서 시도 때도 없이 튀어나오는 말에 다들 어리둥절해진다. 도대체 이게 무슨 소리일까? 집 식구들의 분석이 분분하다. 아이들은 대개 어른들이 무심코 내뱉는 말도 잘 기억해 두었다가 용하게 써먹곤 한다. 때로는 그것이 전혀 엉뚱한 상황에서 튀어나와 듣는 사람들을 당혹스럽게 만들기도 한다.

"어떻게 할까?"

아이는 지금 제 어미의 말을 흉내 내고 있는 게 틀림없다. 목포 출신인 며느리의 입에서는 곧잘 진한 남도 사투리가 터져 나온다. 아이들이 엉뚱한 짓을 할 때마다 제 어미가 하는 말투가 바로 이것이다. 어린아이들이란 저와 가장 가까이 지내는 사람의 말투를 따라 하게 마련이다. 사투리가 심한 조부모와 지내는 아이들이 그들의 말투를 그대로 닮고, 아이들은 유치원 교사들의 말투를 가장 표준어로 생각한다.

그러니 아이들 앞에서는 항상 말조심을 해야 한다. 사투리는 그런대로 봐줄 수 있다지만, 저속한 말을 닮아 버린다면 이건 보통 일이 아니다.

어린아이들이 하는 말이야 다 귀엽게 들리지만, 그렇다고 옳지 않은 말까지도 방치해서는 곤란하다. 그게 버릇이 되고 어른이 되어서도 못 고치게 된다면 아이 자신은 물론이고 아이가 바라보는 세상의 품격도 떨어지게 될 것이다.

지금 유수가 하는 말이야 크게 잘못되었다고 할 수는 없다. 아이는 지금 이 말의 정확한 출처도 모를 것이다. 마치 난감한 일을 당해 안절부절못하며 서성이는 어른들처럼, 방안을 바삐 오가며 진지한 듯 혼잣말하는 아이의 모습이 더없이 귀엽고 사랑스럽다.

아이는 어른들에게 이렇게 가르치고 있는 것 같다.

'사람들아, 항상 말조심을 해야 하는 거야. 아이들이 지켜보고 있잖아!'

2014. 1. 18

다음 세상에서 또 만나세!

지난밤 일찍 잠자리에 든 것도 아닌데 잠이 깨어 뒤척인다. 2주일 전 병상의 친구를 본 뒤로 갑자기 우울증이 찾아와 밤마다 불면에 시달리고 있다. 일어나 화장실에도 다녀오고, 타는 갈증을 물로 달래고 다시 누워 보지만 머릿속은 점점 더 말똥말똥해진다. 눈을 뜨고 있자니 자꾸만 안타까운 친구 얼굴이 머릿속을 맴돈다. 지금은 사위가 깜깜한 새벽 3시인데 이대로 날을 새야 할 것 같다.

일주일째 문병을 못 갔지만 마음은 늘 그 사람에게로 향하고 있다. 더 자주 가 봐야 하지만 너무도 낯선 친구의 몰골과 마주하는 것이 내게는 큰 고문처럼 여겨져 쉽지가 않다.

이틀 전에 신문을 보다가 '췌장암에 도전하는 의사들'이라는 방송 프로그램 제목이 눈에 확 띄었다. 반가운 마음에 곧장 친구 부인에게 문자메시지를 보냈다. 혹시라도 작은 보탬이라도 되고 싶어 띄워 봤지만 친구의 병세는 이미 돌이킬 수 없는 지경이라서 크게 기대를 하기는 어려울 게다.

산 사람은 어떻게든 살아간다지만 그게 말처럼 쉬운 게 아닐 게다. 사랑하는 이와 사별하는 사람은 앞으로 얼마나 큰 후유증을 안고 살아가게 될까.

100세 시대라는 말이 낯설지 않은 세상인데 이순(耳順)이면 너무 아쉽지 않은가? 치열하게 살아온 지난날을 아련한 추억으로 회상하며 이제는 안온한 노년을 꿈꾸어 봐야 할 때인데…… 눈에 밟히는 손자들을 두고 어떻게 눈을 감을 수 있을까?

이제 가족들도 마음의 정리를 한 듯하다. 그들은 문병 온 사람보다 오히려 더 담담하게 받아들이고 있다. 마음의 갈피를 못 잡고 흔들리는 내가 부끄럽고 가슴이 아프다.

"슬프고 안타까워요. 하지만 투병 열 달 동안 가족들에게 호강 받으셨고, 지인들에게 격려와 위로, 그리고 원 없이 해 보고 싶은 치료 다 받아보셨으니 어떻게 보면 복이 많은 분입니다……."

애써 슬픔을 삭이며 담담한 척 보냈을 부인의 문자메시지에 목이 멘다. 나도 이제는 이 안타까운 현실을 조용히 받아들일 수밖에 없다. 지금은 새벽 5시 41분. 막 일기를 마무리하려는데 친구 부인의 문자메시지가 도착했다.

"4시 50분. 좋은 곳으로 떠나셨습니다."

"내 말문이 터지거든……."

덕담까지도 험담처럼 맛깔스럽게 이야기하던 재치 넘치는 친구였다. 그런 그의 말문은 끝내 터지지 않았다. 그 말이 내가 들은 그의 마지막 말이었다. 평소에 그늘진 모습을 보인 적이 별로 없던 그였다. 열흘 전, 모든 것을 내려놓은 듯한 무덤덤한 그의 낯빛에서 어두운 그림자가 비치자 나는 절망했다.

이제 나는 세상에서 가장 큰 버팀목 하나를 잃어버렸다. 나의 여생은 훨씬 더 외롭고 힘들게 살아가야 할 것이다.

이 소식을 전하려고 친구가 나를 신 새벽에 깨웠나 보다.

"잘 가게, 친구여! 그리고 다음 세상에서 또 만나세!"

2014. 1. 20

큰딸의 귀가

오늘은 오십 년 지기 친구의 장례를 치르는 날이다. 오전 10시 30분에 안장식을 한다기에 그 시각에 맞추느라 어젯밤부터 신경을 곤두세웠다. 그런데 하필 지난 밤 1시경에 옆에서 자던 휘수가 갑자기 귀가 아프다며 울어대는 통에 응급처치하고 달래느라 잠을 설치고 말았다.

귀와 코가 약한 아이라 가끔 저렇게 울어대면 내 속이 터질 것만 같다. 막무가내로 우는 아이를 달랠 방도가 없어 문득 엉뚱한 생각이 스친다. 그럴 리도 없겠지만, 차라리 아이가 어리광을 피우며 거짓으로 아프다고 한 거라면 좋겠다고 말이다.

내자가 해열제도 먹이고, 코 막힌 것이 터진다는 약을 뿌려 보기도 하고, 코를 풀어주기도 하지만 답답해서 숨쉬기도 힘들어하는 모습을 보면 울고 싶은 마음뿐이다. 달래고 달래다 지친 내자가 한숨을 내뱉으며 탄식을 한다.

"왜 저것이 제 집에 안 가고 이렇게 속을 태우는지 몰라!"

안되겠다. 이러다 내자의 입에서 더 험한 말이 나올 것 같다. 얼른 아이를 들쳐 업고 거실로 나간다. 아이가 지금보다 더 어릴 때 해 주었던 것처럼 조용히 말을 걸어 보고 낮은 목소리로 노래를 불러 준다. 그렇게 업어 주자 조금씩 안정을 되찾는 것 같다. 한 시간 쯤 지나자 겨우 잠이 들었다.

아침이 되자 아픈 아이를 한시바삐 병원으로 데려가야 한다는 생각에 마음이 조급해지는데 또 친구의 장례시간에 맞추려면 그리 할 수도 없는 지경이다. 아이는 오후에 병원에 데려가기로 하고 친구의 마지막을 지켜보려고 채비를 서둘렀다.

친구의 유골을 실은 영구차가 예정보다 1시간이나 늦게 나타나는 바람에 산골 묘지에서 매서운 골바람을 맞아야 했다. 이것도 친구와 함께하는 마지막 추억이려니 생각하고 달게 받기로 했다. 묘지에 흙을 얹으며 가만히 친구의 영면을 빌었다.

죽은 사람에 대한 허망함과 아픈 손녀를 제때 병원에 데려가지 못한 자책으로 마음이 더욱 무거운 하루였다. 우리 내외가 없는 사이에 며느리가 조퇴를 하고 아이를 병원에 데려갔었다고 한다. 진단 결과는 역시 중이염이었다.

귀가하자마자 얼었다 녹은 온몸이 가렵기 시작하더니 긴장이 풀리고 피로가 몰려온다. 어젯밤 잠을 설친 데다 추위에 떨어서 그런지 아무래도 심한 몸살이 찾아들 것만 같다.

저녁 8시쯤 되자 며느리의 영상통화 전화가 왔다. 작은놈이 블록 조립을 잘하는 게 신통하다며 그 귀여운 걸 보여 주고 싶어서 전화했단다. 곁에서 그 장면을 지켜보던 큰놈이 불쑥 아빠네 집에 가서 자야겠다고 나선다. 저도 블록놀이를 하고 싶은 건가? 아마도 제 동생이 엄마랑 어울려 노는 모습에서 부러움을 느낀 건 아닐까?

덩달아 곁에 있던 내자가 아이의 말을 거들고 나선다.

"아빠한테 너 데려가라고 할까?"

그러자 아이는 가겠다고 다짐한다. 아이의 말이 반가운 할미는 혹시 손녀가 생각을 고쳐먹을까 봐, 아들에게 전화를 걸어 빨리 데려가라고 독촉한다. 큰딸의 귀가가 반가운 아비는 한달음에 달려왔다.

이제 내자는 아이들 뒤치다꺼리에 전처럼 그렇게 능숙하게 대처하지 못한다. 어지간한 손녀의 어리광도 느긋하게 지켜보던 사람인데 요즘엔 인내심 대신 짜증이 늘어 간다. 최근에 가깝던 지내던 친지들의 발병이나 부음 소식이 자주 들려 우울해진 까닭이리라. 오늘 세상을 떠난 친구도 이에 한 몫을 했다.

요즘 들어 부쩍 몸도 마음도 무거워 보이고 사소한 일 하나에도 힘겨워하는 기색이 역력해서 걱정이다. 할미 할아비의 몸과 마음이 건강해야 손자들을 잘 보살필 수 있을 텐데…….

아이는 우리 집으로 돌아온 이후 근 한 달 만에 처음으로 자진해서 제 아비 집을 찾아갔다. 밤 열 시를 조금 넘은 시각이다. 지금쯤 자고 있을까? 중이염을 앓고 있는데 오늘밤에 괜찮을지나 모르겠다. 아이가 오늘처럼 이렇게 양쪽 집을 자연스럽게 오가면서 밝게 자라면 좋겠는데…….

2014. 1. 22